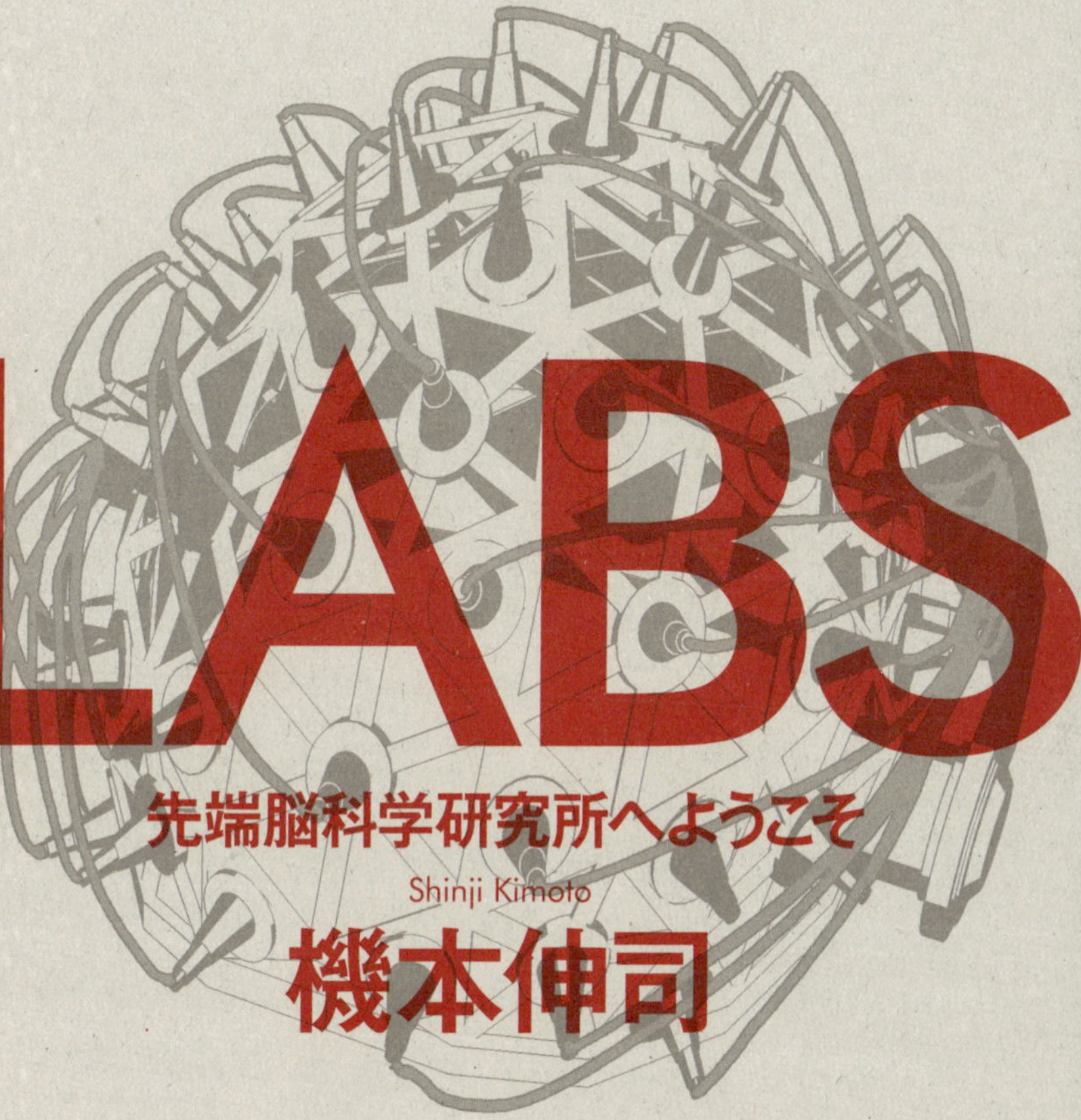

LABS

先端脳科学研究所へようこそ

Shinji Kimoto
機本伸司

祥伝社

LABS　先端脳科学研究所へようこそ

カバーデザイン　國枝達也
カバーイラスト　平沢下戸

第一章　科学

1

「もう、何でSFなのよ」

ミニスカートのよく似合うグラマラスな美少女に、僕はダメ出しをされた。

「映画、何を観ようか?」とたずねられた僕が、戦闘ロボットものを選択すると、彼女は途端に憤慨《ふんがい》したのだった。どうやら彼女は恋愛ものを望んでいたらしい。

そもそも彼女は今日、ドライブデートがしたかったのだという。僕が映画鑑賞を選択した時点で、すでに機嫌をそこねていたらしい。

それ以前に駅前で待ち合わせて最初に入った店が日本料理店で、自分が大好物のカツ丼を真っ先に注文した時点で早くも減点だったみたいである。

「隣のフレンチがよかったのにな……」と、彼女がつぶやく。「ホントに君は、女心が分からないんだから……」

彼女の愚痴《ぐち》を聞かされた後、店を出て広い通りに出る……。

そんなコンピュータ《C》・グラフィックス《G》が表示されたパソコンのディスプレイをながめながら、次のチェック項目は何だろうと思っていたときだった。

突然、ディスプレイに赤いスポーツカーが現れ、彼女の前で格好《かっこ》よく停車する。

運転席から、スーツ姿の若い男が降りてきた。かなりのイケメンである。

ひょっとして、恋敵《こいがたき》?

僕がそう思っている間に、男は笑顔で助手席のドアを開け、彼女をエスコートした。

いそいそと車に乗り込む彼女が、微笑《ほほえ》みながら僕に手をふる。

「じゃあね、バイバイ」

車が走り去るのを見送っていると、画面中央に「ゲーム・オーバー」の文字が大きく映し出された。

バーチャル・アイドルとの恋愛シミュレーション・ゲームは、これであえなく終了のようである。うまくいけば二人だけで南の島へ行けるはずだったのが、ベッド・インはおろかキスすらもなく、ファースト・デートの途中でジ・エンドという、惨憺《さんたん》たる結果であった。

呆然《ぼうぜん》としているうちに映像が切り替わり、採点画面が表示される。

覚悟はしていたが、百点満点中の二十五点……。

「異性に対するプレゼン能力に欠けています」「その場の空気を読もうとする努力がより求められます」「自分の好みを優先させてはいけません」などといったご丁寧《ていねい》なアドバイスが画面上に並んでいた。

コンピュータに言われたくないが、きっと僕はその通りの人間なのだろう。ゲームで現実逃避を楽しむはずが、こんなふうに指摘されるとしっかり現実世界に引き戻されてしまうではないか。もっともゲームでもこんな調子だから、何をやってもうまくいかないのかもしれない。

とにかく恋愛はゲームでさえ向いていないようなので、やっぱり対戦格闘ゲームでもするか……。もっともそっちの方だって、相手の出方を読み違えてばかりでちっとも上達しないのだが……。

僕はため息をもらしながら、少しでも人の考えていることが読めたら――と思った。

きっと人より優位に立てるし、もっと楽に生きられる。馬鹿にされることもなくなるかもしれない……。

そんなことをぐずぐず考えながら、インターネットで検索していて見つけたアルバイトが、これだった。

「実験モニター募集」と書かれてある。

独立行政法人〝生命科学研究機構〟に所属する〝先端脳科学研究所《LABS》〟が求人広告を出していた。さらに言えば、そこの〝脳内ビジョン研究室〟というところらしいのだが。

ネットに載っている情報を見る限りでは、時給がよくて、僕のアパートからもそう遠くないところにある。まず説明会が開かれるようなので、申し込むだけ申し込んでみることにした。

しかし履歴書《りれきしょ》を書く手が、時折止まる。こんな自分に勤まるだろうかと思ってしまうのだ。つい先日も、コンビニのバイトを辞《や》めたばかりだし……。

勤務態度が悪いわけではないし、頭が悪いわけでもないと思う。はっきり言って、人とのコミュニケーションが苦手なのだ。子供のころからのいじめ体験は、トラウマになっていまだに夢にも出てくる。

僕は冷蔵庫から缶ビールを取り出し、口をつけた。

そこそこ有名な私立大学の理学部に進学できたにもかかわらず休学したのも、何もかも面白くなかったからだ。世の中にも自分にも不満があったし、何より社会に対する自分の違和感がピークに達していた。自分はどこか、他の人とは違っているらしいという自覚もあった。これではいけないと思いながら、バイトをあれこれやってはみるものの、どれも長続きしない……。

そんなときに見つけたのが、先端脳科学研究所、脳内ビジョン研究室の「実験モニター募集」

だった。まあ、話を聞いてみないと分からないこともあるし、申し込むだけ申し込んでみるつもりで何とか履歴書を書きあげた。

説明会の日の朝、早起きした僕は、テレビの情報番組を見ながら身支度《みじたく》を始めた。ニュースのヘッドラインには、相変わらず政治がらみのきな臭い話ばかりが並んでいる。わが国と同盟国、そして近隣諸国が軍事演習を展開し、挑発《ちょうはつ》合戦を続けているようだ。それをマスコミが、第三次世界大戦の開戦前夜のように報じている。

何やら戦略シミュレーション・ゲームより、現実の方がスリリングになりつつあるような気がしてならない。

ちょうど今日、二〇三一年の九月十八日というのは満州事変《まんしゅうじへん》から百年にあたるらしく、関係各国首脳の声明などが報じられていた。

当時は大変だったろうと思うものの、こっちだって今、大変なのだ。何しろ、不景気である。日常化した異常気象は、その対策協議も含めて相変わらずピリピリしている国際情勢に影響を及ぼしていた。日本国内でもテロは頻発《ひんぱつ》するようになっているし、本当に戦争になるのではないかという不安は、僕みたいなぼんやりした人間でも感じているのだ。

実は、有事の際の防衛作戦というのを、自分なりにシミュレートしてみたことがある。海岸線に女子高生やアニメのコスプレーヤーをズラリと並べて、敵の戦闘意欲を喪失《そうしつ》させるというものだ。ただし日々こんなアホなことばかり考えては自己嫌悪《けんお》におちいっている僕なんかは、きっと真っ先に白旗を揚《あ》げているに違いない。

しかし本当に戦争が起きてしまったら、冗談抜きで〝死〟というものと向き合わざるを得なくなる。死ぬのは怖いし、人間、死んだらどこへ行くんだろうか……。不安は尽きないものの、僕は家から出ることにした。

八月はとっくに過ぎたというのに、連日猛暑が続いている。やはり地球温暖化の影響だろう。ただでさえ暑いのに、街頭にはどこかの政党の宣伝カーがとまっていて、朝から何やらがなり立てていた。世界が戦争に向かいつつある危機感を、声を大にして訴えているようだが、あの調子では逆にあおっているようにしか聞こえなかった。

また前から気になってはいたが、街にはさらに外国人が増えたような気がしないでもない。観光客ばかりでなく、難民なども数多く流入しているのだろう。

そんな雑踏《ざっとう》をくぐり抜け、僕は電車に飛び乗った。

生命科学研究機構は、都心から電車で三十分ぐらいの駅で降り、さらに歩いて十五分ほどのところにある。

正門手前の守衛室で、いかめしい顔の警備員に言われるまま、入場手続きを済ませる。

総合大学の構内みたいだなというのが、僕の第一印象だった。案内板を見ると、広大な敷地に臨床《りんしょう》心理学や電子工学、素粒子《そりゅうし》物理学の研究棟など、いくつもの施設がある。

ここで延《の》べ一千名近い研究者が、それぞれのテーマで研究活動をしているらしい。外国からの研究者や留学生とも、僕はたびたびすれ違った。

説明会が行われる脳科学研究棟は、十階建ての白いビルだった。一階の一部はいわゆるピロティ構造のガレージになっている。先端脳科学研究所の脳内ビジョン研究室は、その十階にあった。

エレベータを待っていると、僕より少し年上の男性が近づいてきた。

ドアが開いて僕より先に乗り込んだ彼は、僕の方を見て「十階でいいですか？」とたずねる。ややうつむきながら、僕が「はい」と答えると、彼はニヤリとしながら言った。

「モニター募集のバイトですか？」

「ええ、まあ……」

「僕もですよ。面白そうなので、取りあえず話だけでも聞いてみようと思って」

愛想《あいそ》笑いを浮かべながら、僕たちはエレベータを降りる。

受付には、左胸に〝LABS《ラブス》〟というロゴ入りの白衣を着た、三十代前半ぐらいの女性が長机を前にして座っていた。LABSが先端脳科学研究所の略称だというのは、バイトの案内を見たときから僕も知っている。

彼女が首から下げているIDカードには、「堀尾《ほりお》」と書かれていた。

堀尾さんは笑顔で、「お名前は？」とたずねた。

「出島蓮士《でじまれんじ》です」と、僕が答える。

エレベータに乗り合わせた彼も、「山田孝史《やまだたかし》です」と名乗り、それぞれ資料を受け取った。

説明会のある会議室は大学の視聴覚室みたいな雰囲気で、すでに七、八人程度が着席していた。ほとんど男で、やはり僕とほぼ同年代のようである。

僕は、山田さんの隣に腰かけた。

正面にはホワイトボードの他、プロジェクターの映像を映すためのスクリーンがある。

知り合ったばかりの山田さんと特に何も話すことがなかった僕は、説明会の開始まで受け取った資料をながめていることにした。

生命科学研究機構や先端脳科学研究所のパンフレット一式に交じって、〝誓約書〟というのが一枚、はさみ込まれていた。ざっと目を通すと、「承諾《しょうだく》を得たものを除き、説明会で知り得た情報は、ネットを含めて一切《いっさい》口外しない」などと記されている。

隣では山田さんがボールペンを取り出しながら、「誓約書か」とつぶやいていた。「まあ最先端の研究なら、これぐらい必要なのかもしれませんね」

「そうですね」と答え、僕も書類にサインをしておいた。

定刻になると、モニターの希望者は二十人ほどになっていた。

受付の堀尾さんとは別の、眼鏡《めがね》をかけた二十代後半ぐらいの女性が誓約書の記入を促《うなが》し、回収してまわる。彼女のＩＤカードには「金井《かない》」とあった。

その後、やはり白衣を着た女性がドアから入ってきた。僕の席からだと少し離れていて、ＩＤカードの名前が読み取れない。三十代後半ぐらいだろうか？　彼女も眼鏡をかけていて、見るからに頭が良さそうだった。

もっとも、ここにいる全員が、僕より頭が良さそうに思えないでもないのだが……。

「本日はご多忙中のところ、当研究室のモニターにご応募いただき、ありがとうございます」スタッフのなかで一番若そうな金井さんが、よく通る声でみんなに言った。「では、ただいまから説明会を始めさせていただきます」

ドアから三十代後半ぐらいの、あごひげをたくわえた男が入ってきた。彼も左胸に〝ＬＡＢＳ〟というロゴの入った白衣を着ている。

「皆さんこんにちは。脳内ビジョン研究室の室長で脳科学者の筑紫精太郎《ちくしせいたろう》です」彼は僕たちに向かって軽くお辞儀をした。「ネットの告知だけでは分かりづらいと思いますので、実験にご協力いただく前に、当研究室について少し補足説明をさせていただきます」

筑紫室長は一度、咳払《せきばら》いをして続けた。

「脳は、宇宙に匹敵《ひってき》するミステリーです。私たちが挑んでいるのは、まさにそのミステリー——ひいては生命そのものの謎であります」

彼らはそのために、脳の情報処理のメカニズムを解明することを第一段階の目標に掲《かか》げているのだという。

先端脳科学研究所——ラ《L》ボラトリー・オブ・ア《A》ドバンスト・ブ《B》レイン・サ《S》イエンスは、そうした目標に向かって多角的な研究活動を展開している。

「その一つである脳内ビジョン研究室では、ある人の脳内に浮かんだイメージを第三者にも理解できるよう、具体的にビジュアル化する研究に取り組んでいます」

彼の言葉に、場内が少しざわめく。

「核《M》磁気共鳴《R》画像《I》法などによって、脳という物質は内部までかなり見通せるようになった。しかしそれでも、何ら精神は見えてこない。いかにしてそれを見るか。私たちは、そのためのマシンを開発しているのです」

研究室では脳内イメージを可視化することで、さまざまな脳機能障害の研究や治療、介護にも応用できると考えていた。たとえば、言葉を介《かい》さなくてもクライアントの思考を読み取ったり、クライアントの意のままに必要な機器を動かしたりする、ブ《B》レイン・マ《M》シン・イ《I》ンターフェースの発展的研究はその一つだった。

「当面、一応の研究成果について、学会での発表を計画しています」と、彼が言う。「同様の研究は、民間を含めて各国で行われていて、その国際シンポジウムが、今年は日本で開催される予定です」

今は、そのための実験データの収集、整理をしているところらしい。

筑紫室長は、会場の僕たちを見渡して続けた。

「ついては皆さんから、開発中のイメージング装置のコンディションについて、さまざまなご意見、ご感想を聞かせていただきたいのです」

スタッフの金井さんが「何かご質問は？」と言うと、パラパラと手があがる。

まず指名された一番後ろの男性は、「計測するのは脳波ですか？」と聞いた。

筑紫室長が簡潔に答える。

「脳波はもちろん、他のデータも複合的に計測します」

次に、僕の隣の山田さんが指名された。

「イメージング装置のしくみは、どういうものなんですか？」

「詳細について、この場では話せません。次の国際シンポジウムで公表する予定です」

口をとがらせている山田さんに、室長が付け加えた。

「脳内イメージ可視化の研究が、すでに国内外のいくつかのチームによって熱心に続けられていることは事実です。究極は、数百億もの神経細胞《ニューロン》のからみ合いによってもたらされる現象について、少なくともミリ秒単位で計測していく必要がある。機能的《f》ＭＲＩを用いる方法などが他の研究機関によって開発されていますが、私たちは独自の技術で高精細化、小型軽量化を図《はか》っているところです」

僕もこの際だから、思いきって質問してみた。

「脳にチップを埋め込んだりするんですか？」

スマートフォンの進化形として、送受信素子《そし》を脳内にインプラントする方法を研究している企業があるらしいことを、ネットの記事で読んだ記憶があったのだ。

「いや、私たちが開発中のマシンは、チップのインプラントを含めて手術のたぐいは一切行わない非侵襲《ひしんしゅう》型です」室長が首をふる。「動物実験によって、私たちのマシンが及ぼす生体反応などはすでに調べています。科学的に判断して人体には無害ですので、ご安心ください。それ以上の説明は、採用が内定した時点でさせていただきます」

僕はうなずきながらも、マシンの実体は伏せて安全性だけを強調されると、かえって何か隠しているのではないかと疑ってしまうのだった。

「脳内の映像はクリアに再現されるんでしょうか？」と、前の方の女性が聞いた。

「画像はコンピュータで補正しますが、現段階ではまだまだ抽象《ちゅうしょう》的であったり、解読不能であったりするものも出力されます。理由の一つとして、コンピュータが補正する際のサンプル・データの不足があげられます。そのため個人差もふまえて、データをストックしているところです。皆さんのご協力を重ねてお願い申し上げます。皆さんにはモニターだけでなく、実験やミーティングにもご参加いただきたいと思っています」

その後、拘束《こうそく》時間に関する質問が出たが、それは僕たち一人一人のスケジュールとすり合わせて決めるという。

質疑の様子をながめながら、僕は筑紫室長の話を自分なりにふり返ってみた。要するに、人が頭の中で考えていることを、可視化して誰でも見られるようにする研究を彼らはしているようだ。

考えてみればこの時代、ネットや監視カメラの発達に加えて個人情報管理の影響もあってか、誰も本当のことを言わない。また本当にやりたいこともやらないで生きているのではないだろうか。人の気持ちというのは、むしろ余計に分からなくなったような気がしないでもない。

だからというわけでもないが、スカートの中と人の心の中は、のぞいてみたいものである。人の考えていることが分かれば、確かに面白いと思う。それこそ、だまされて馬鹿にされることもないし、何事も優位に取り運ぶことができるのだ。自分はみんなからどう思われているのかが分かったら、人に対する僕の苦手意識だって軽減されるかもしれない。とりわけ女心が分かれば、もうこっちのものではないか！

彼らがテスト中だという、頭の中を映像化するマシンというのも、一度見てみたいものだ……。僕は彼らの趣旨に賛同した上で、実験モニターに申し込むことに決めた。

その後、ＩＤカードの名前がよく見えなかったもう一人の女性スタッフ、神田《かんだ》医師を中心に、適性検査と称する簡単な健康診断と運動能力のテストを受けた。

最後に来月からの出勤可能日と時間帯を記入し、今日の交通費を受け取る。先に検査を終えた僕は、山田さんとは別々に帰宅することになった。

メールで採用通知とともに最初のバイト日の連絡が届いたのは、数日後のことだ。勤務における簡単な注意事項とともに、印鑑を持参するよう書き添えてあった。

2

十月一日の朝、脳内ビジョン研究室に到着した僕は事務室に入り、まず一番手前の席に座っていた堀尾朱美《あけみ》さんに挨拶《あいさつ》した。先日の説明会では受付をしていた女性で、今日も白衣を着ている。

　彼女は「お早うございます」と言いながら、僕に微笑みかけた。

　彼女の席のすぐ上には小さなスケジュール・ボードが掲げられていて、何人かのスタッフの名前が記載されていた。

　ＩＤカードの発行手続きを済ませた後、堀尾さんに連れられて、僕は室長室へ向かった。

　彼女は生物工学の研究者で、この研究室では副室長格の主任だという。

　室長室に入ると、机のパソコンと向き合っていた筑紫室長が立ち上がり、応接セットへ僕を案内した。

「ここの〝ＰＩ〟の、筑紫です」

「ＰＩ？」と、僕は聞き返した。

「研究責任者――英語だと〝プリンシパル・インベスティゲータ〟だな。対外的には〝室長〟でいいんだが、ここではそう呼ばれるときもあるんだ。まあそういうことも含めて以後お見知りおきをいただくとして、とにかくありがとう。今日からよろしく。以前からたびたび募集しているんだが、なかなか被験者のなり手がなくてね。みんな尻込みしちゃって……」

　僕は、さっきから気になっていたことを室長に聞いた。

「あの、他のモニター希望者は？」

「マシンの関係で、他の人とは日時をずらしているから、被験者同士がここで会うことは、あまりないと思う」

　なるほど、と僕は思った。

　その間に堀尾主任が正式契約の書類を持ってきて、テーブルに置いた。

先日の誓約書と同様、知り得た情報は一切外部に伝えない旨《むね》の条項が書き込まれている。

僕はざっと目を通し、署名捺印《なついん》した。

「今回採用のモニターは何名ぐらいですか？」

僕は顔を上げ、堀尾主任にたずねた。

「今のところ、四名程度かな……」

首をひねりながら、彼女がつぶやく。

説明会場には二十人ほどいたはずなのに、何故《なぜ》かなと思った僕は、念のために聞いた。

「チップの埋め込み、本当にやらないんですよね？」

「安心してください」

微笑みながら、室長が答えた。

それから僕は堀尾主任の後について改めて事務室に入り、スタッフを紹介してもらった。

まず説明会で進行役をしていた金井理沙《りさ》さん。電子工学が専門で、ここではコンピュータの操作《オペレーション》とプログラミングを担当しているという。

僕が挨拶するとパソコンのキーボードをたたきながら、顔も上げずに「よろしく」と言ってペコリと頭を下げた。

「ご専門は電子工学なんですか？」僕は彼女に聞いた。「脳科学じゃなくて？」

「ウチは、寄り合い所帯だから」と、金井さんが答える。「プロジェクトのために、余所《よそ》の部署からスタッフを借りてきているの。本人の希望も聞いた上でね」

次に、神田糸緒《いとお》先生にご挨拶した。医師で、生物学や生理学にも造詣《ぞうけい》が深く、あらゆる事態に備えて実験中はいつもスタンバイしているというから、ここでは頼もしい存在だといえる。

「よろしくお願いします」と、僕が頭を下げる。

「新入りか」神田医師は僕の肩に手をあてた。「また何も知らずに、のこのこと……」

「え、どういう意味ですか？」

「いや、何でもないわよ」

そう言いながら彼女は、何故か含み笑いを浮かべていた。

「ここにいないスタッフや被験者たちについては、また機会があれば紹介するから」僕と神田医師の会話をさえぎるように、堀尾主任が言う。「それと、経理や総務関係は別棟にあって、金井オペレータや私が窓口になっているので、用事があれば遠慮なく申しつけてね」

彼女は引き続き、研究室のフロアを案内してくれた。電算室や補助電気室、倉庫といった部屋がいくつか並んでいたが、僕みたいなバイトが主に出入りするのは、説明会のあった会議室とロッカールーム、それから実験室関連の部屋ぐらいらしい。

ロッカールームにはクリーニングした検査着のようなものが置いてあった。徹夜になることがあるので、着替えを用意しているスタッフもいるという。

一通り説明を聞いて廊下に出ると、さっきの神田医師が、台車に檻《おり》をのせて運び出そうとしているところに出くわした。檻の中には、二匹のチンパンジーが収まっている。

「今までご苦労さま」

神田医師が、チンパンジーに語りかけた。

どうやら僕は、こいつらと交代らしい。

「心配しないで。あなたを檻に入れたりしないから」と、彼女が言う。

当たり前である。

エレベータ・ホールへ向かっていく神田医師たちをながめていると、いつの間にか後ろにいた筑紫室長が、小声で「サルが去る、なんちゃって」とつぶやき、しばらく一人で笑っていた。

次に室長たちに案内されたのは、操作室というところだった。

部屋の中央にはパソコンの置かれた会議机があり、椅子《いす》がいくつか並んでいる。

「実験室の前室的な役割の部屋ね」と、堀尾主任が説明する。「打ち合わせだけでなく、休憩や仮眠をとってすぐ研究に戻れるから、事務室よりもここがスタッフのたまり場になっているの」

操作室には、三十前後の見るからに体育会系の男性がいた。外部スタッフの技術者《エンジニア》、倉戸永作《くらとえいさく》さんだ。

そういえば、彼は白衣を着ていないなと僕は思った。

烏丸《からすま》医工という、医療機器や医薬品メーカーの社員だという。

烏丸医工は、業界ではまあ、中堅クラスといったところですかね」

倉戸技師がそう言うと、室長が彼の肩をたたいた。

「我々の無理な注文にも、安い値段で応《こた》えてくれる。助かってるよ」

「そんな、プレッシャーかけないでくださいよ」

笑いながら、倉戸技師は頭に手をあてていた。

彼の会社は、ここからそれほど遠くないところにあるという。

僕は、大きなガラス窓で仕切られている、隣の部屋に目をやった。

「向こう側が実験室だ」筑紫室長が、ガラスの奥を指さした。「だからここは、観察室でもあるんだ」

確かに操作卓《コンソール》が大きなガラスの方を向いて並んでいて、作業しながら実験室の様子が確認できるようになっている。レントゲン写真を撮る部屋のレイアウトに似ているなと、僕は思った。

「実験室とこの操作室は、外からの電磁波の影響を受けにくいようシールドしてある」と、室長が言う。「携帯がつながりにくくなるから、注意しておいた方がいい」

僕は筑紫室長に先導されて、実験室の中へ足を踏み入れる。

進化した電気椅子、と言うと怒られるかもしれないが、第一印象はそれだった。あるいは、歯医者さんにある診療椅子の進化形といった表現ができなくもない。

いずれにせよ、マッサージチェアのような椅子が二脚あった。それらの周囲には、可動式の大型ディスプレイが数台設置してある。

何より目についたのは、それぞれの椅子の上に置かれていたヘッドギアだった。見たところ数千本もの光ファイバーがいくつかの束《たば》にまとめられ、「怒髪《どはつ》天を衝《つ》く」状態でつながっている。

「ファイバーはもちろん、コンピュータに接続されています」と、倉戸技師が僕に言う。

他に脳波計や生命兆候《バイタル・サイン》の測定器などが、椅子の周囲を取り囲むように配置されている。これで脳内の映像を取り出すのかと、僕は思った。

「マインド・ビュアだ」

筑紫室長が、椅子の肘掛《ひじか》けに手をのせた。

「二系統あるようですけど？」

僕は室長にたずねた。

「一つはバックアップだが、両方同時に使うこともある。実はもう一つ、倉戸君のところに発注している」

倉戸技師が軽くうなずく。

「被験者二名を、より離れたところで同時にテストしてみることも必要ですからね」

堀尾主任が倉戸技師を小突きながら、人さし指を唇《くちびる》にあてている。

彼は肩をすくめ、「すみません、つい……」とつぶやいた。

「君にもこの椅子に座ってもらうことになる」筑紫室長が僕を見て言った。「簡単に説明しておこう」

室長と目を合わせてうなずいた倉戸技師が、話し始めた。

「まずこのヘッドギアですが、一言で言うと機能的近赤外分光法《fNIRS》の発展的応用形で、脳の表層や深部における電磁波——主に赤外線を検知します。具体的には、神経細胞の興奮や接合部位《シナプス》において発生する電磁波ですね。特に後頭葉《こうとうよう》にある視覚野、下部側頭葉《かぶそくとうよう》、大脳辺縁系《だいのうへんえんけい》にあって短期間の記憶にかかわる海馬《かいば》は重点的に探りますが、恐怖や不安に反応する扁桃体《へんとうたい》、その他小脳《しょうのう》や、間脳《かんのう》の視床下部《ししょうかぶ》などの深層計測もある程度は可能です」

彼は光ファイバーの束を指さした。

「微弱ながら電磁波を三点以上で検知して、脳内の反応ポイントを推定するわけです。左脳と右脳の役割の違いなどにも注目しながら、脳の複数の刺激部位とその相関で、脳内イメージを推測していきます」

僕はうなり声をあげながら、倉戸技師の説明を聞いていた。彼の言ったことを完璧《かんぺき》に理解したわけではないのだが、凄《すご》そうなことだけは何となく感じていたのだ。

「他の方式と比較検討して、今はこの形に落ち着いています。たとえばｆＭＲＩだと、我々のマインド・ビュアと比較して、深部計測には優《すぐ》れているものの、時間分解能に大きな課題があったわけです」

「実験は、ある程度の段階まで進んでいる」

筑紫室長はそう言いながら操作室へ戻り、画像サンプルを見せてくれた。

山や雲、あるいは犬や猫などペット動物に見えなくもない画像だった。

「コンピュータでは、多くの被験者から得られた神経細胞の発火パターン――つまり電気的な信号の伝達状況から、脳内イメージを読み取ることを目指していく。主に映像に翻訳《ほんやく》することを試みているんだが、まず情報の正確性を心がけている。それから説明会でも述べたように高精細化、さらに動画化も図っていきたい。

それには良好な実験データが不可欠だ。年齢や性別、あるいは過去の経験や生活環境などで反応にどのような違いがあるか、確かめておかなければならない。そのデータ収集に、力を貸してもらいたい」

僕は条件反射的に、「分かりました」と答えた。

「まず、十一月のシンポジウムで成果を発表して、研究にはずみをつけたい」

「十一月って、あと一か月じゃないですか」

「ああ、じっくりと自由に研究させてほしいが、なかなかそうも言っていられなくてな。来年度の予算案はすでに提出したが、審議はこれからなんだ」

「あまり言いたくはないけど、研究費は奪い合いだからね」と、堀尾主任がつぶやく。「データを処理する研究機構のスーパーコンピュータだって、満足に使わせてもらえなくなるかもしれない。だから研究成果を出さないといけないわけ」

主任は、眉間《みけん》に皺《しわ》を寄せていた。

「そろそろいいですか?」操作室に、タブレットを手にした金井オペレータが入ってきた。「実験の進め方について、私の方からお話ししておきたいのですが……」

　僕はうなずき、「お願いします」と言った。

「私たちの目標の一つは、被験者に、好き勝手にイメージを思い浮かべてもらい、それをそのままリアルに映像化することです。けれども残念ながら、その段階にはまだ至っていません。そのため、大きく分けて三つのパターンの実験をくり返し続けながら、問題点の解消を図っているところです。一つ目は、こちら側でさまざまな図案や静止画を被験者に見せて、そのデータを解析するパターン。これは比較的、順調に進んでいます」

「象《ぞう》とか、猫とかの写真ですか?」と、僕はたずねた。

「それもあります。他に四角や丸、プラス、星、川の字に似たマークなどの、いわゆる超感覚的知覚《ESP》カードとか、考案した心理学者にちなんでゼナー・カードといわれているものですね」

　彼女は操作卓のディスプレイに、そうした画像のいくつかを映し出してくれた。

「これらの画像と、ビュアでとらえた脳内の電磁波パターンの特徴とを同定していくわけです。個人差や測定誤差もふまえて進めているところです」

　次に金井オペレータは、操作卓のマイクを指さした。

「二つ目は、こちらが与えた言葉から思い描く映像を、被験者の脳裏《のうり》に焼き付けてもらいます。言葉による指示は具体的なものから、『嬉《うれ》しいこと』『悲しいこと』といった曖昧《あいまい》な表現のものまで多岐《たき》にわたります。さらに味覚、触覚《しょっかく》、嗅覚《きゅうかく》など、他の感覚器官を刺激するような言葉でデータを取ることもあります。

アウトプットされた映像は、初期段階では見当外れなものが多く、また被験者のイメージに近かったとしても抽象的で分かりにくいものがほとんどでした。それをリアルにしていく解析ソフトウェア作りにも、私たちは取り組んでいます。被験者が思い浮かべたイメージに近いものを、ネットの膨大《ぼうだい》な画像データなどを参照して人工知能《AI》に描かせるんです」

現段階ではそうしたデータを蓄積して、イメージ映像をひな型化《テンプレート》していく作業も続けているという。

「三つ目は、自由連想ですね」と、彼女が言う。「被験者には自由にイメージを思い浮かべてもらって、それを私たちが映像化する。システムの理想形に、かなり近いものです。ただし、その際に何を考えていたかは、きちんと自己申告してもらわなければなりません。さっきも言ったように個人差や誤差によって、実際のイメージとは違うものをマシンが勝手に解釈して描く場合もありますから、それらを課題として修正していくわけです。逆にほぼ正しくアウトプットできているのにごまかされては、実験に支障《ししょう》が生じることになります」

「正直、実験はかなり微妙ね」堀尾主任がゆっくりと首をふる。「たとえば〝パレイドリア効果〟というのがある。雲とか岩とかが、本来そこに存在しない顔などに見える脳の錯覚《さっかく》なんだけど、脳が実際とは違うものを『見た』と信じ込んでしまう場合があるわけ……。けど被験者はそんな心配しないで、基本的には椅子に座っていればいいだけよ」

堀尾主任が、僕の肩をたたく。

座っていればいいと言ってもらえれば、こっちも気が楽になる。他のバイトよりはずっとましではないかというふうに思えてくるのだ。

けれどもバイトの募集時点では「実験モニター」となっていたものが、いざここへ来てみたら誰からも「被験者」と呼ばれている。そこに少し引っかかりを感じないでもないのだが……。

神田医師が入ってきたことに気づいた室長が、全員に聞こえるような音で手をたたいた。

「さ、早速、リハーサルをかねてテストといくか」

3

「今からですか？」と、僕は聞いた。

「ああ。日を改めて、逃げられたら困るからな」

筑紫室長の言葉が冗談なのか本音なのか、僕には分からなかった。

「じゃあ、ロッカールームへ……」

僕がそう言うと、堀尾主任が首をふる。

「君さえよければ、別に着替えなくてもいいの。ちょっと汗をかくかもしれないけど、その程度のことだから」

「心配いりませんよ」倉戸技師が僕を椅子へ誘導するようなしぐさをした。「今まで何百人もの方に、すでにご協力いただいているんですから」

僕は改めて、ヘッドギアに目をやった。

「あれ、髪が焦《こ》げたり、禿《は》げたりしませんか？」

「大丈夫ですよ、多分」と、倉戸技師が微笑む。「さ、どうぞ」

おそるおそる着座した僕は、自分の置かれている状況を理解する余裕もなく、倉戸技師の指図を受けながらヘッドギアを装着した。自分でＯＫしながらも、真っ先にみんなの前でかくし芸を披露《ひろう》しなければならなくなった忘年会の幹事の心境というのは、ひょっとしてこういうものかもしれないと思った。

腕には脈拍や血圧などを測るベルトが巻かれた。ちょっと意外だったのは、声帯付近に太い首輪のようなセンサーが取り付けられたことだ。声帯付近からも感情や思考の一部を読み取ることができるのだという。

「大がかりな嘘《うそ》発見器みたい……」

僕がそうつぶやくと、筑紫室長がうなずいた。

「まあ、当たらずと言えども遠からずかな」

セッティングが完了すると、僕以外のスタッフは操作室に引き上げていった。

全員、大きなガラス越しに、僕の方を見ている。

「最初に同期を取ります」スピーカーから、金井オペレータの声が聞こえた。「脳の各部位の位置を、マシンに把握《はあく》させるんです」

それをクリアすると、「予備テストから始めます」と、彼女が言う。「まず、無心になってください」

脳内から発せられる雑音に相当するものを、なるべく抑《おさ》えておくらしい。数分後にようやくOKが出た。

「では、パターン1から」

金井オペレータがそう告げると、僕の正面にスライドしてきたディスプレイに、単純な図形が映し出された。例のESPカードというやつだ。約十秒ごとに、別のカードに切り替わっていく。

次に、同じ要領で動物や風景といった静止画を見せられる。

「パターン2を試してみます」

今度は金井オペレータが、「花」「富士山《ふじさん》」「猫」「貝殻《かいがら》」などのキーワードを、約十秒ごとに次々と僕に投げかけてきた。

そうしたやり取りが、十数分続いただろうか。

「最初なので、今日はこれぐらいにしておきましょう」

彼女がそう言い終わると倉戸技師が入ってきて、僕のヘッドギアやベルトを外してくれた。


彼と一緒に操作室へ戻る。

神田医師が僕を呼び寄せ、その場で簡単な診察を受けた。

あとはスタッフたちで、リプレイしながらデータの整理に取りかかるという。

一応、僕のお役目はここまでらしい。確かに座っていればいいだけの、楽なバイトである。

僕は筑紫室長にたずねた。

「お役に立てましたか？」

「それは今後の解析次第かな」と、彼が言う。「ただし今日のところはまだ、ちょっとしたリハーサルだ」

そして確認しないといけないことがあるかもしれないので、操作室の隅の椅子に座ってしばらく待つように言われた。

彼らが取り囲んでいる操作卓のディスプレイには、僕がさっき思い浮かべた数々のイメージの解析結果が表示されている。少し身を乗り出せば、僕の座っている席からもそれは辛《かろ》うじて見ることができた。

何かの手違いじゃないのか？

それが、僕の偽《いつわ》らざる心境だった。同時に手違いではないことは、自分が一番よく知っている……。

たとえばパターン2のテストで、投げかけられたキーワードが「富士山」であろうが「花」であろうが、僕が頭に思い浮かべていたのは、ほとんどが女の裸だったのだ。ショットのサイズやボディのパーツは違っていても、その点ではほぼ変わらない。コンピュータの補正ソフトによって画像が鮮明になればなるほど、僕の恥ずかしさはつのっていった。

「変態じゃないの？」

金井オペレータのつぶやく声が聞こえる。

変態で何が悪い、と僕は心の中で怒っていたが、声には出さなかった。そしてその後、室長があえて「科学的に判断して人体には無害」と以前に語っていた言葉の意味を、少し理解できたような気がした。

「ともかく彼の頭の中は、恥ずかしくて発表できんなあ……」という室長の言葉に、堀尾主任がうなずいていた。

「少なくとも、国際シンポジウムでの実演は避けた方がいいでしょうね。世界中の研究者を前にして、スクリーンに何が映るかを想像しただけでも恐ろしい……」

ふり向いた神田医師が、僕のそばに近づいてきて言う。

「別に君だけじゃないから。それにこれは、コンピュータがテンプレートなどを参照しながら画像を決めているのであって、いくつかピックアップしている別の候補のなかに、君の真実のイメージがあるのかもしれないしね」

そんなふうに弁護してもらわなくとも、ディスプレイに映っているのが自分の頭の中に相違《そうい》ないことは、僕が保証するのである。

「でも男の子って、どうして女の裸を想像したがるんでしょうね」彼女が首をひねる。「それで人生の何が変わるわけでもないのに」

何も変わらないわけではないと思うが、反論する気は起きなかった。少なくとも僕の想像力が、ここでプラスに作用していないことは確かに思えたからだ。僕のプライドはズタボロに傷ついている。もっとも、たいしたプライドではないのだが。

そもそも僕が頭の中で考えていることなど、基本的に他の人に見せるためのものではないのだ。これでは「実験モニター」どころか、完全なモルモットじゃないか……。

そのとき操作室のドアが開き、二人の男が入ってきた。

一人は三十代ぐらいだったが、白衣を着ているのでここのスタッフかもしれない。

もう一人は僕と同い年ぐらいで、直感的に僕みたいな被験者ではないかと思われた。整った顔立ちのイケメンであるにもかかわらず、どういうわけか誰とも目を合わそうとせずに、ずっとうつむいている。

「こんにちは」

白衣の男が大きな声で言うと、みんなは彼らに挨拶をした。

しかしもう一人の男は、席についても黙ったままで、スマホを取り出して何やら操作し始める。

「紹介しておこう」室長は僕を二人に向き合わせた。「今回、実験モニターを快《こころよ》く引き受けてくれた、出島蓮士君だ」

「よろしく」白衣を着た男の方が、僕を見て微笑む。「セラピストの仙道誉《せんどうほまれ》です。非常勤ですが、こちらのスタッフも兼務させていただいています」

しかしもう一人の方は椅子から立ち上がりもせず、スマホをいじり続けていた。シミュレーション・ゲームか何かをしているようだ。

「マインド・ビュアは、すでに臨床応用の研究を始めているんだ」と、室長が説明してくれた。どうやら心療内科のクライアントたちからも、本人の了承を得てデータを取っているらしい。

すると、もう一人の男は……。

セラピストの仙道先生が、彼を紹介してくれた。

「武藤尋己《むとうひろみ》君です。またここで会うこともあると思いますので、仲良くしてやってください」

僕も「出島です。よろしく」と言い、彼に頭を下げる。

すると武藤君も、かすかにお辞儀をするようなしぐさを見せた。

「隠しても仕方ない」と、仙道先生が真面目《まじめ》な表情で言う。「彼には自閉スペクトラム症の傾向がある。対人関係なども苦手なようだ」

彼の説明によると、虐待《ぎゃくたい》やいじめなど、過去のトラウマが大きく影響しているらしい。

僕もいじめは経験しているし、人付き合いは苦手な方だし、彼とは気が合うかもしれない……。いや、やっぱりそれはないか、と僕は思い直した。

あまり詳しくは聞かなかったが、両親が失踪《しっそう》したため、今は仙道先生が武藤君の面倒をみているという。

「本当はもう、死んでたはずなのに」

先生の話の途中で、武藤君がポツリとつぶやいた。

「自殺未遂《みすい》のことだ」と、先生が明かす。

武藤君は何度か自殺を企《くわだ》て、そのたびに仙道先生や筑紫室長らに助けられていた。

そのとき金井オペレータが、「次の実験のスタンバイができました」と、みんなに告げた。

武藤君が、倉戸技師たちとともに実験室へ入っていく。

一方、僕は室長のお許しが出たので、その日は自分のアパートに帰ることにした。


二日後、再び脳内ビジョン研究室を訪れた。

操作室のドアを開け、先に実験を終えたらしい被験者に挨拶をする。説明会で顔を見かけたような気もするが、名前も知らない男性だった。

お互い簡単な自己紹介を済ませた直後、彼は操作室を出ていった。

「こんにちは」僕は、近くにいた金井オペレータに声をかけた。「変態の出島です」

彼女は顔色も変えず、準備が整うまで待つよう言うだけだった。

筑紫室長が僕の肩に手をあてて微笑んだ。

「どうだ、調子は？」

「さあ、鵜飼《うか》いの鵜みたいな心境ですかね」僕は口をとがらせた。「他の被験者は？　みんな、僕みたいな目に遭《あ》っているんですか？」

「守秘義務があるので、他の人のことはあまり話せないんだ」そう言う彼は、含み笑いをしているように見えた。「毎度のことだが、説明会の段階で断った人は結構いたし、契約したものの辞めていった人もいる。みんな、いいデータが取れそうだったんだけどなあ」

聞けば、説明会で僕の隣だった山田さんも、印鑑を忘れたからと言って契約を前提にマインド・ビュアの説明までは聞いたものの、結局、契約はしなかったらしい。

「誰だって、頭の中を見られるのは恥ずかしいし、腹が立つこともあるだろう。だから、やりたがらない。しかし自己嫌悪に陥《おちい》るのは、馬鹿じゃない証拠だ。その点で君は被験者として優秀みたいだから、まあ頑張《がんば》ってくれたまえ」

僕は室長から妙な褒《ほ》められ方をした。

彼のエールはともかくとして、こんな自分がこの社会でできることは、そう多くないのではないかと僕は思っていた。むしろこういうことは社会的地位のある人には無理で、できるとすれば、やはり自分みたいな人間なのかもしれない……。

そんなことを考えていたとき、金井オペレータのよく通る声がした。

「変態の出島君、出番です」

僕は無言のまま立ち上がると、実験室に向かった。

実はその日、聞かされていたパターンのテストの他に、別のテストも実施された。実験室にあるもう一つの椅子に、何と筑紫室長が自ら座り、ヘッドギアを装着したのだ。

二人の間はパーティションで仕切られ、お互いのディスプレイの映像は見えないようにされている。そして僕は、室長が見ているものや考えていることを、想像させられたのだった。

想像しろと急に言われても、僕の頭には金井オペレータの裸ぐらいしか浮かんでこなかったのだが……。

実験終了後、室長から僕の歓迎会をかねて飲みに行かないかというお誘いを受けた。

ちょっと迷ったものの、断ることにする。どうせ、僕の脳内イメージをサカナにして、馬鹿にされるに決まっていると思ったのだ。

自分のアパートに戻ってきた僕は、シャワーを浴びた後、体を拭《ふ》きながらカレンダーに目をやった。次の実験日は、来週の月曜日だ。

僕は冷蔵庫から取り出した缶ビールを飲み干し、決心した。

モルモット役は、その日でもう辞めよう。スタッフたちに馬鹿にされながら続けるほど、僕はお人好《ひとよ》しじゃない。

人の考えていることが読めたらいいと思って参加したが、のぞき見られるのは自分の頭の中ばかりではないか。しかもうかうかしていると、人に見られたくないものまで映ってしまう。

誰だって、自分に都合の悪い顔は隠して生きているに違いない。それがあのマシンに座れば、自分の恥部までも人前にさらけ出すことになってしまうのだ……。

月曜日、僕は黙々とモルモット役を務めた。

実験終了後、スタッフたちはいつものように、データの整理を始めている。

筑紫室長は納得したように操作卓を離れ、部屋の隅にいる僕のそばまで近づいてきた。

辞職を言い出すなら、今かもしれない。

「あの、話があるんですけど」

意を決して切り出すと、室長は無理に微笑んだように見えた。

「何だ?」

僕が口を開こうとしたとき、操作室のドアが開く。

入ってきたのは、先日ここでお会いしたセラピストの仙道先生だった。今日は一人の女の子を連れてきている。

年齢は二十歳《はたち》ぐらいだろうか。淡《あわ》いグレーのワンピースを着ていた。

伏し目がちではあったが、その可憐《かれん》な面立《おもだ》ちを目の当《まあ》たりにしたとき、僕の全身に電気のようなものが走った。

4

仙道先生が、ただ見とれているだけの僕に、彼女を紹介してくれた。

「実光桜蘭《さねみつおうらん》さん。パートタイムで、私の助手をしてくれている」

彼女は上目《うわめ》づかいで、僕に目をやった。

内気そうで化粧気もあまりないが、清楚《せいそ》でとても可愛《かわい》い。地方から都会に出てきて、一人暮らしを始めたばかりではないかという印象を受けた。

「こんにちは」と、話しかけてみる。「僕は出島蓮士といいます」

彼女も小さな声で返事をしてくれた。

「こんにちは……」

そこから会話が続かないので、僕は仙道先生の方に聞いてみた。

「この前、助手さんとは一緒じゃなかったですよね」

「だから、パートタイムなんだ」彼が微笑みながら、頭に手をあてた。「それがまあ、いろいろあって、今日は被験者をやってもらうことになっている」

立ち聞きしていたらしい堀尾主任が、話に加わってきた。

「性別による脳の違いを探るため、被験者には女性も必要でしょ。それで協力してもらったの」

「ただし、彼女についてはそれだけじゃないがね」と、仙道先生が言う。「セラピーの一環でもある」

「というと？」

僕がそうたずねると、仙道先生と堀尾主任は顔を見合わせ、首をふった。

それ以上はあまり話したくないということかもしれない。

けれども彼女のことなら何でも知りたかった僕は、「やはり、クライアントですか？」とたずねた。

仕方ないといった表情を浮かべながら、仙道先生が話し始める。

「いずれ分かることだし、これぐらいはいいだろう。実は先日の武藤と同じ傾向が、彼女にもある」

桜蘭の方に目をやると、彼女は僕から目をそらした。

「やはり、いじめか何かで？」

僕の問いかけに、先生はうなずいた。

「ご覧の通りの美少女だ。いじめる奴《やつ》らからすれば、格好の標的だったんだろう。〝桜蘭〟という一風変わった名前は、中央アジアにかつて存在した都市、〝楼蘭《ろうらん》〟をヒントにつけられたそうだが、どういうわけかその名前のことでも小学校のころからからかわれていたらしい」

そのときようやく、彼女がリストバンドで左手首を隠していることに気づいた。ひょっとして武藤君だけでなく、彼女も自殺未遂をくり返していたのかもしれない。

「次のシフトも、君の後かもしれない」仙道先生は、スマホを見ながら僕に告げた。「いろいろとご迷惑をおかけするかもしれないが、実光さんのこともよろしくお願いしておきます」

「いや、迷惑だなんて、そんな……」

僕が照れている間に、彼女は仙道先生に付き添われて、実験室へ入っていった。ガラス越しに彼女をながめている僕の後ろで、筑紫室長の声がする。

「それで、何だったんだ？」

僕は驚いて、ふり向いた。

「え、何がですか？」

「私に話があると、さっき言ってなかったか？」彼は一つため息をもらした。「まあ、想像できないでもないがな。残念なことだが……」

「え、何が？」

僕が小声でそう言うと、室長は意外だという表情を浮かべた。

「辞めるんじゃないのか？」

「いや、そんな……」僕が両手をふって否定する。「続けさせてください」

桜蘭を見て心変わりしたことまで、室長に悟《さと》られたかどうかは分からなかったが、彼は少し安《あん》堵《ど》したように見えた。

「そうか。じゃあまた、次もよろしく頼む」

彼は僕の肩をたたき、操作卓へ戻っていった。

「出島君、今日はもういいわよ」

金井オペレータにそう言われた僕は、後ろ髪を引かれる思いで操作室を出ることにした。

その日から、僕の人生は一変したと言っていい。

桜蘭のことが、頭から離れなくなったのだ。あの長い黒髪、スリムなボディ、細い指、それに物憂《ものう》げで魅力的な彼女の素顔……。この分だと、ピュアの実験にも多分に影響するかもしれないなと、僕は思った。

その三日後、カジュアルながらも一番お気に入りのシャツを着た僕は、脳内ビジョン研究室へ向かう。

実験を終えた後、操作室の隅でスタッフのＯＫが出るまでの間、じっと待機していた。いや、部屋を出ていかない本当の理由は、他にあったのだが……。

しばらくして、仙道先生に連れられてようやく〝彼女〟が入ってくる。

「こんにちは」

近くにいた堀尾主任が、まず二人に挨拶した。

「こんちはー！」

思いがけず、陽気で明るい彼女の声が返ってきた。セラピーの効果かもしれなかったが、それにしては先日とは声のトーンがまるで違うことに、僕はまず違和感をおぼえた。

いや、声だけではない。洋服の好みまで変わっている。ショッキングピンクのジャケットをハンガーにかけた彼女は、カーキ色ベースの派手な柄《がら》シャツを着ていた。

どういうコーディネートかと内心訝《いぶか》りつつも、ドキドキしながら、精一杯の笑顔で彼女に挨拶した。

「こんにちは」

彼女は一瞬、僕から声をかけられたことがとても不思議そうな表情を見せた。

「初めまして」そう言うと、勝ち気そうな笑みを浮かべながら彼女が椅子に腰かける。「覚えてないの、ごめん」

そして僕の目の前に、右手を差し出した。

仙道先生の方を見ると、軽くうなずいていたのでいいのかと思い、僕は緊張しながら彼女と初めて握手《あくしゅ》を交わした。

「実光空歩《あきほ》よ」と、彼女は自己紹介した。

「空歩……？」

僕は彼女の名前をくり返した。桜蘭じゃなかったのか……。

「空歩って名前は、自分でつけたの。いいでしょ」と、彼女が言う。「私《あたし》、『スター・ウォーズ』が好きだから」

「『スター・ウォーズ』……。ひょっとして、主人公のスカイウォーカーで、空歩？」

「そういうこと。じゃあ、あたしともよろしくね」

「よろしくと言われても……。じゃあこの前、挨拶したのは？」

しどろもどろの僕を見て、空歩は膝《ひざ》をたたいた。

「読めた。あんたも桜蘭にちょっかいかける気ね？」

「いや、そんなつもりは……」

僕は両手を前に突き出した。

「だって、さっき手を握ったじゃない」

「え？　さっきって、握手のことか？　それは君が……」

「どうせあんたも、桜蘭を苦しめる」と、彼女が少し声を低くする。

僕は首をふった。

「そんなつもりはないけど……」

「どっちにしろ桜蘭のことはあきらめて、風俗にでも行ってきたら？」

「何でそんなことを、いきなり言われないといけないんだ？」僕はむきになって答えた。「風俗なんて、入ったこともない。お金もないし」

彼女は悪戯《いたずら》っぽく微笑みながら、僕の顔をのぞき込む。

「お金なんて嘘。本当は生身の人間が苦手とか？」

それは図星だったが、僕は返事をしなかった。

桜蘭と瓜《うり》二つの女性を目の前にして僕の頭は混乱していたものの、空歩と名乗るこの女が僕を小馬鹿にしていることだけは、何となく察していた。彼女の嫌味は、さらに続く。

「ひょっとして、夜な夜な桜蘭をオカズにして……？」

「いや、そんな」

さすがに僕は、手をふって反論する。

「じゃあ、あたし？」彼女が自分を指さした。「言っとくけど、あんたのオカズにされるなんて真《ま》っ平《ぴら》御免だからね」

「あり得ないだろ」僕はつい、声を荒らげた。「今初めて会ったばっかりなのに」

「あら、そうだったっけ？」

彼女は声をあげて、楽しそうに笑っていた。

こんな具合に馬鹿にされ続けているうちに、僕はこの場の状況を自分なりに理解し始めていた。

同じ名字の桜蘭と空歩は、どうやら双子のようである。

空歩は操作卓に集まっているスタッフたちを見て、大きな声をあげた。

「モルモットの方、準備はいいわよ。いつでも始めてください」

金井オペレータがふり返り、彼女に一礼する。

「ではそろそろお願いします」

空歩は椅子から立ち上がると、僕を見下ろした。

「どうしたの、そんな浮かない顔して」あきれたように、彼女が言う。「何を悩んでるのか知らないけど、脳内の電気信号はたかだか数十ミリボルトぐらいらしいよ。そのへんの乾電池よりはるかに小さい電圧でくよくよしてても、仕方ないじゃん……。じゃあ、またね」

僕に手をふると、彼女は倉戸技師と一緒に実験室へ入っていく。

その彼女の後ろ姿を、僕はただぼんやりと見送っていた。桜蘭そっくりのルックスに何も文句はないが、自由奔放《ほんぽう》で明《あ》け透《す》けなあのキャラクターは、僕が最も苦手とするタイプに違いなかった。

呆然としている僕を見て、仙道先生が微笑んでいる。

「驚いたか?」

「ええ、ちょっと……。桜蘭さんに双子の姉妹がいるとは知りませんでした」

「いや、双子じゃない。同一人物だ」彼が首をふる。「少なくとも、体はな」

「え?」僕は目を瞬《しばたた》かせた。「どういうことですか?」

僕たちの会話を聞いていたらしい筑紫室長が、仙道先生の代わりに答えた。

「解離性同一性障害だ」

僕はふり向き、彼の言葉をくり返した。

「解離性……同一性障害？」

「ああ。分かりやすく言えば、多重人格だ。桜蘭と空歩——。一方が出ているときに、もう一方は休眠している。脳波のパターンを見比べても、二人は顕著《けんちょ》に違っていた。まあ脳波を調べなくても、見れば分かるだろう。まるでタイプが逆だからな」

僕は、大きなガラス窓の向こうで椅子に腰かけている空歩に目をやった。

室長の話だと、両親の離婚を機に自活するようになった彼女は今、生命科学研究機構の社宅に住んでいる。そして仙道先生の助手をしながら、先日の武藤君と同じく先生のセラピーを受けているという。

「幸《さいわ》いというか、二人の仲は、それほど悪くはないんだ」と、仙道先生が言う。

僕は複雑な気持ちで、彼の話の続きを聞いていた。

桜蘭と空歩を、便宜《べんぎ》的に彼らは〝実光姉妹〟と呼んでいる。今や二人は、どちらが主人格ということもなくなっていて、ほぼフィフティ・フィフティの関係である。人格を変換する法則のようなものはなかなか見いだせず、彼女たち自身にもコントロールできていない。スマホはそれぞれが別々に持っているが、パソコンはパスワードを変えて一台を共有し、お互いに相手のプライバシーは尊重している。ただ身分証明書などは、戸籍《こせき》に記載のある桜蘭名義で発行してもらっている……。

「ということは、空歩の方が後天的？」

僕がたずねると、仙道先生はうなずいた。

「人格転換は、桜蘭の幼児期からのストレスと無関係ではない。それが積もりに積もって、思春期を過ぎたころに現れたのが、空歩だ。必ずというわけではないが、一方のキャラクターが追い詰められたり、窮地《きゆうち》に陥ったりしたときによく変わる。たとえば最近では、桜蘭がナンパされて何か不愉快な目に遭わされたとき、人格が空歩に変わってその場の状況を一変させてしまったようだ。空歩は、桜蘭みたいにナヨナヨしていないからな」

「いじめっ子をやっつけるように、ですか?」と僕は先生にたずねた。

「そんな感じだったんだろうな。過去には、桜蘭の自傷行為で人格転換し、空歩が冷静に傷の手当てをするということもあったらしい」

「桜蘭の人格崩壊を、空歩が防いでいる?」

「そういう側面はあるかもしれない。多重人格化という劇薬によってな」と室長が言う。「桜蘭の社会的ストレスを、空歩で発散しているようにも見えるが。ただ空歩みたいな破天荒《はてんこう》な生き方も続かないようで、そのうち桜蘭に戻っていくんだ」

仙道先生はうなずいていた。

「今のところ、お互いの生命を維持し合うような共生関係がないわけではない。しかし今後、二人が仲たがいすることがないとは言いきれない。実際、メールで相手の人格を否定し合うことが時折あるようだ」

「どっちのキャラクターがいつ出てくるのかは、誰にも制御できないんですか?」

「今言ったように、必ずというわけではないが、何らかのアクシデントにともなう精神的な高揚感で切り替わることがある。セラピストとしての経験上、催眠術によって、二人のキャラクターの切り替えに成功したことも何度かある。しかし切り替えはできても、安定的にどちらか一方のキャラを維持することはできない」

僕はまた、ガラス窓の向こうの空歩を見つめた。

同じ顔なのに、さっきは肌の質感まで桜蘭とは違って感じられたことが思い出される。いずれにしても、僕にとっての〝大好き〟と〝大嫌い〟が、同一人物の中にいるのだ。

「そう考え込むな」筑紫室長が、僕の肩をたたいた。「三重人格よりはシンプルじゃないか……」

「苛酷《かこく》ないじめや虐待の経験者には、稀《まれ》にそうしたケースも見受けられる」と、仙道先生が言う。「私はセラピーの過程で、そうした経験がないかも桜蘭から聞いているんだが」

いじめの内容について、僕は詳しく聞かなくても分かる気がした。僕自身、結構いじめられてきたからである。

「治療は進んでいるんですか？」

僕の質問に、先生は首をふった。

「正直、なかなか難しいな」

「肉体は一つでしょ。いずれはどちらか一方に消えてもらわないといけないのでは？」

「さっき言ったように、まったく別人格でも、今の二人には危うくも密接な関係性が認められる。それも問題だ。空歩は、行き詰まっていた桜蘭の抜け道的なキャラという見方もできるんだ。私にも扱いの難しい人物ではあるものの、空歩はむしろ、桜蘭を守っている。今のところはな……」

だから空歩が後発キャラクターだとはいえ、単純に消去すればいいというものでもないんだ。治療する側の一存で、そういう選択はそもそもできない。とはいえ、元は桜蘭一人だったわけなんだから、彼女が自立できるよう訓練はしているが」

「じゃあやはり、やがては桜蘭に統一を？」

「だから、それが分からない。今は二人だが、さっき室長が言ったみたいに、この先、新たな人格が出てくる可能性はある」

「三重人格になると？」

「三人とも限らない。もっと多いかもしれないだろう。また将来的に人格が一つに統一されたとしても、それが桜蘭とは限らないじゃないか。空歩、あるいは第三、第四の人格かもしれない」

僕はどうしていいか分からず、その場でため息をついていた。

少し前まで、桜蘭といい友だちになれればいいと思っていたが、相当な困難が待ち構えているようだった。

「悩んでいるところを悪いが……」筑紫室長が僕に声をかけた。「来週の火曜日、君に話がある」

「来週の火曜日？」僕はスマホでスケジュールを確かめた。「僕の実験予定日ですから、出てくるつもりですけど」

「いや、通常の実験とは別件なんだ。実験が終わってからの夕方、少しいいかな？」

室長が僕のそばにやってきたのは、そのことを告げるためだったようだ。

実験が終わった後は、いつもアパートに帰って寝るだけなので、丸々空いている。実光姉妹のことで気が動転していた僕は、室長に話の内容を確認することもなく、「いいですよ」と返事をした。

帰宅した僕は、まず冷蔵庫の缶ビールに手をのばす。

何だか、ややこしいことになってきた。桜蘭が、僕の孤独な人生に初めて差し込んだ光明《こうみよう》だとすれば、空歩は地獄の炎かもしれない。

どうする？　それを承知の上で、彼女を誘ってみるか？

僕は缶ビールを飲み干した。

面倒くさい女には違いない。何しろ、飛びきりうるさそうな女がくっついてくるんだから。それに空歩は、僕を至極《しごく》つまらない男だと思っているようだ。まあ実際、その通りなんだが。

そんなわけだから、仮に彼女が桜蘭のときにうまく僕の本心を打ち明けられたとしても、どうせ断られるに決まっている……。

そんなことをまたぐずぐずと考えながら、僕は空き缶をごみ箱に投げ捨て、その日はもう寝ることにした。

5

十月十四日の火曜日の夕方、型通りの実験が終わった後、僕は筑紫室長の後について会議室へ向かった。このバイトを始める前に、説明会が行われた場所だ。

堀尾主任、神田医師、金井オペレータ、倉戸技師といった、もはや見慣れたスタッフの他に、その日は初めて見る顔も入っていた。二十代後半ぐらいで、やはり白衣を着た極《きわ》めて真面目そうな男だ。

室長がまず、彼に僕のことを紹介した。

「出島蓮士君。優秀な被験者だ」

それが褒め言葉なのかどうか疑問に思いながらも、僕は一礼する。

「粕渕《かすぶち》寛《ひろし》です」彼は表情を変えずに、自己紹介をした。「量子《りょうし》工学の研究員です」

「量子工学、ですか?」と、僕は聞き直した。

「その名の通り、量子の特異な性質の工学的な利用を研究する部門です。生命科学研究機構には、こうした量子力学の応用について研究する部署があって、僕はそこから出向してきた形になっています」

室長は、白衣を着た五人のスタッフと僕の顔を見回した。

「さて、そろそろ始めるか……」

それを聞いた堀尾主任が、ドアをロックする。

室長が僕の肩に手を当て、「慣れたか？」と聞いてきたので、僕はうなずいた。

「実は、君に聞いてもらいたい話があるんだ。今日は欠席の仙道先生も交えて、すでにスタッフとは何度も議論を積み重ねてきたことなんだが、君に話すのは初めてになる。ただし今から話すことは、一切秘密だ。守れるか？」

僕はまた、うなずいた。

室長がホワイトボードを背にして立つと、スタッフたちが前の方の席に腰を下ろす。

僕も取りあえず、着席することにした。

室長が落ち着いた声で話し始める。

「実は、この研究室にとってマインド・ピュアの研究というのは、序幕にすぎないと言ってもいい。ピュア程度なら、国内の他の研究所や他国でも、同様の研究が進んでいるからな。我々は、さらにその先を目指している。そもそもピュアには、いろいろと限界がある。そう思わないか？」

急に感想を求められた僕は、少し考えて答えた。

「アウトプットをコンピュータ処理に頼り過ぎているとか、動画機能が十分でないとかですか？」

「いや、ビュアだけでは非力なんだ。ビュアの先に我々の到達点があるわけでもない。この研究室本来の研究目標というのは、それとは別にある」

「別？」

思わず首を前に突き出す僕を見て、筑紫室長が微笑んでいた。

「知っての通り、マインド・ビュアは人の思考を可視化しようとするマシンだ。けれども、それさえ間接的で、何とももどかしい。より直接的に、人とコミュニケーションできるようになれないものかと我々は考え、次なるイメージング装置の開発に着手した。それがマインド・コミュニケータだ」

「マインド・コミュニケータ……」

室長の言葉を僕はくり返した。

「その名の通り、言葉などを介さずに人とイメージを共有し、お互いの思いを伝え合うことができるマシンだ。相手と同じか、類似した体験ができるようにもしていきたい。そうした研究によって、脳機能のさらなる解明のみならず、介護やセラピーの現場などで、より一層踏み込んだ活用が期待される。たとえば認知症や自閉症などの治療に有効活用できるだろうし、目の不自由な人にある程度の視覚情報を届けることができるようになるかもしれない」

僕は室長にたずねた。

「そのマシン——マインド・コミュニケータは、もう完成しているんですか？」

「試作機レベルはな。それを見せる前に、メカニズムを簡単に説明しておいた方がいいだろう」

金井オペレータが軽くうなずき、プロジェクターをオンにした。

「これはシンポジウムでのプレゼンテーションを前提に、作成しておいたものの一部だ。まず導入として出島君にも理解しやすいよう、ビュアをベースにした電磁波レベルの説明から始めよう」

室長がそう言うと、生物工学専攻の堀尾主任が立ち上がって説明を始めた。

スクリーンには、人体のCG画像が映し出されている。

「人間は視覚を刺激する光や聴覚を刺激する音波、嗅覚を刺激する化学物質などの他に、入力信号として、たとえば赤外線のような可視光線から外れた電磁波からも外部の情報を読み取っています。これには目や皮膚などの感覚器官からだけでなく、脳が直接、刺激を感じ取って得ている情報もあるでしょう」

「赤外線……」と、僕はつぶやいた。「暑いとか、寒いとか？」

「もっと繊細な情報も含まれます」と、堀尾主任は言う。「またそうした赤外線などの電磁波は、ごくわずかですが、脳からも発信されているのです」

スクリーンの映像は、脳の断面図に切り替わった。

「他人からのそれを感じ取る能力は、程度の差こそあれ、本来誰にでもあると考えられます。たとえば、人の視線を感じる程度なら、出島君にも経験あるでしょう？　太古においてはそれがより鋭敏《えいびん》に備わっていたと、私や室長は考えていますが、その名残《なごり》は今も私たちの全身にある」

彼女の話を聞いていた僕は、腕を組んだ。

「確かに、視神経は可視光線のような電磁波に特化したシステムだと言えるんでしょうけど、それ以外の神経細胞も電磁波に対して敏感に反応するのかどうか……。そもそも主任がおっしゃったように、人から発せられた電磁波信号というのは、かなり弱いんじゃないですか？」

彼女はうなずきながら、説明を続けた。

「実は人の脳内には、〝ミラーニューロン〟と呼ばれるものがあって、他人に共感してしまうようにできています。それにより、たとえわずかな情報であっても、入力があれば人の痛みや喜びも、自分のことのように感じることがあるようです。

だとしても君が指摘した通り、脳から発せられる電磁波情報は、微弱過ぎる。電磁波は、距離の二乗に反比例して減衰《げんすい》するから、離れるとますます弱くなる。マインド・ビュアのような方法で、頭皮ぐらいの至近距離から辛うじて検知できる程度ですね……」

そう言うと主任は、自分の席へ戻っていった。

「じゃあ、どうするんですか？」

僕は主任を目で追いながら、つぶやいた。

「まだ話は済んでいない」微笑みを浮かべながら、筑紫室長が言う。「電磁気学の応用によって可能となったことは、実に多い。とはいうものの、このケースでは電磁気的な現象と計測のみに頼ることには限界があることを、まず君に分かってもらいたかったんだ。ただし人間の脳には、さらにもう一層、見逃せない構造があると私は考えている」

「もう一層？」

「ああ。そのために我々は、他分野と連携しながら、研究を続けてきた」室長は、粕渕研究員に目をやった。「量子力学に踏み込まないと、見いだせない世界がある」

なるほどそれで量子工学者が同席しているのかと、僕は納得した。

室長が話を続ける。

「我々の研究に関して言えば、マインド・ビュアはようやく臨床応用のレベルに達していて、さらに改良が進められているところだ。しかしそれは、あくまで電磁気力の範囲における成果だといえる。それ以上の探究を目指すマインド・コミュニケータは、さらに量子の性質が可能としてくれる世界にも思いきって入っていく。ここに大きな違いがある」

室長が粕渕研究員に目で合図を送ると、彼はスクリーンの前に立った。

そして僕に、「量子の不思議な性質に〝重ね合わせ〟や〝からみ合い〟があるというのは、ご存じですか？」とたずねた。

詳しくは知らないが、授業か何かで聞いた覚えはある。

軽くうなずきながら、「どうぞ進めてください」と、僕は答えた。

「その、量子からみ合いですが」と、彼が言う。「要するに、情報的にからみ合った二つの量子があるとして、一方のからみ合いが解けると、どんなに距離が離れていても、他方のからみ合いも同時に解ける。この性質は電磁波とは異なり、距離に関係なく、また減衰することもなく、確実に情報がもう一方に伝わる。そして、脳内物質を構成する電子が物質である以上、他の電子と量子的にからみ合っていることもあると考えられる。場合によっては、他人の脳内物質と……」

少しだけ、粕渕研究員の意図が見えてきたような気がしながら、僕は話の続きを聞くことにした。

「すると出会いの予感や突然のひらめきなど、我々が偶然や運命だと思っている出来事のなかに、実は量子の作用があるのかもしれない。そしてそれが電磁気力に頼りきった計測などに勝《まさ》ることもあり得る」

僕は彼に聞いてみた。

「そうした量子のふるまいが、電磁気学で語られる世界にも影響を及ぼしていると？」

粕渕研究員が、大きくうなずいた。

「僕たちは、量子情報の影響が電磁波レベルにも及ぶという仮説を立てて研究を始めた。具体的には、神経細胞中の量子状態と神経細胞におけるいわゆる発火現象は、影響し合う場合があると」

スクリーンに、神経細胞のCG映像が映し出された。教科書やテレビの科学番組で見た記憶はあったが、神経細胞は、核を含む細胞体や、そこから長く伸びている軸索《じくさく》、何本もの短い樹状《じゅじょう》突起《とっき》などで構成されている。

「神経伝達物質が関与してくるので実際はもっと複雑ですが、ここでは単純化して説明させていただきます。神経細胞において、ある人と量子的にからみ合った電子を含んだ原子――たとえば酸素やナトリウムがあるとする。それが相手側の刺激によってからみ合いが解けた場合、その影響で電子は軌道遷移《きどうせんい》し、脳内で微弱な電磁波を放出する――。そう考えれば、つじつまは合ってきます。量子の性質が、電磁気学レベルにまで昇華するわけです。そうしたネットワークが、相手側の思考として意識されるようになるかもしれない」

「我々は、それをとらえようとしている」と、室長が言う。

自分の席に座ったまま、倉戸技師が僕の方を向いた。

「マシンのメカニズムとしては、量子テレポーテーションとほぼ同じなんですけどね」と、彼が言う。「このプロジェクトにはいくつもの技術的課題があるんですが、端的に言って量子テレポーテーションに似た脳内の現象を、脳内信号レベルに置換しアウトプットする技術を研究していると言ってもいい」

室長が、軽くうなずいていた。

「コミュニケータの研究は、他の組織でもやっているかもしれない。先行しているかどうかは分からないが、量子に着目した点で、ウチは個性的だと自負している。ただしそれがどう出るかは、さらに研究を進めてみないと分からないがな」

「すべては仮説では?」と、僕はたずねた。

「いや、実際に起きていることだ」室長が首をふる。「さっき主任が言った、人の視線を感じるというのもそうだ。そうした心の働きはもちろん、いわゆる超能力現象のいくつかは、量子の働きによるものと考えられる」

「超能力……」

僕がつぶやくのを聞いた室長が、微笑んでいる。

「たとえば〝テレパシスト〟とか〝テレパス〟とか呼ばれるある種の精神感応者――量子的な共感覚の持ち主と我々は考えているが、彼らの脳や感覚器官は、量子からみ合いの変化に特異な反応を示す。我々のマインド・コミュニケータは、そうしたテレパシストを人工的に作るマシン――つまり〝テレパスマシン〟だと言い換えてもいい」

「人工的に、テレパシストを?」僕は彼の言葉をくり返した。「そう言われても、そもそも超能力が本当にあるのかという気もするし……」

「それはこれから説明する」と、彼が言う。「疑り深い君でも、〝第六感〟とか、何らかの〝気配〟というのは、あるような気がしないか?」

そう質問された僕は、小刻《こきざ》みにうなずいた。

「何もテレパシストに限らないんだ。特殊なシチュエーションには違いないが、たとえば〝双子のテレパシー〟というのを聞いたことがあるだろう。ある状況においては、言葉を介さずにお互い分かり合える何かを、彼らは脳内に備えている。その一般的な事例が、〝第六感〟などと言われるものの正体なんじゃないか？

それなら我々だって、経験することがある。離れた場所で、何故か他の人と同じことを考えているときだってあるだろう。因果《いんが》関係が見いだせないにもかかわらず、意味の関連した物事が同時に発生する〝共時性〟――シンクロニシティという現象だ。さて、こうした現象をどう解釈すればよいのか……。脳内の電子が、他の人の電子と量子的にからみ合っているという考え方も、成り立つとは思わないか？」

「つまり他人の脳内で起きた反応が、量子からみ合いによって瞬時に別の人の脳内でも起きる場合がある、ということですか？」

室長は、大きくうなずいた。

「超能力のたぐいについて、電磁気学での解明は、行き詰まっている。やはり、量子の不思議なふるまいによるのではないか？　テレパシストと呼ばれる連中は、おそらく外界における量子からみ合いの変化に脳が敏感に反応し、それが意識にのぼってくるんだ。逆に強く念じることで、意図的に自分の方のからみ合いを壊し、相手の状況を察知したり誘導したりすることもできる」

僕は椅子に腰かけたまま、腕組みをした。

「するとテレパシストというのは、からみ合いの関係にある自分と他人の量子の作用を電磁気的な信号に変えて感じ取っているということですか？」

「電磁波――とりわけ赤外線帯域に対する感受性が強いと思われる。完全な解明にはいたっていないがな」

「そういえば……」神田医師が、独り言のように話し始めた。「ヘビなどには、赤外線を感じる

〝ピット〟という器官がある。それで獲物の情報を得るわけだけど、テレパスたちの脳は、全体でそうした器官のような働きをするのかもしれないわね。また脳内の量子がからみ合いの崩壊《デコヒーレンス》を起こしても、私たちは呼吸や食事などによって、からみ合いの関係にある量子を新たに取り込んでいる」

「いや、しかし」僕は気づいたことを口にした。「量子からみ合いの関係にある電子が、うまい具合に心を読もうとしているターゲットにあるとは限らないんじゃないですか？　あるいは逆に、テレパシーがそうした働きによるものだとすると、満員電車や人込みの中で、彼らの頭はパンクしてしまうのでは？」

「フィルター機能を果たしているのも、量子の性質ではないのかな」と、室長が言う。「からみ合いは複数の量子がシステマチックに作動することで、イメージの伝送だけでなく通信相手――つまりチャンネルの選別にもかかわっていると考えられる。我々はこうした仮説を信じ、実験をくり返しているわけだ。ただし、仮説は仮説であって、万能じゃない」

「というと？」

「たとえば、過去や未来との通信などは、我々の研究の対象外だ。予知能力とか、あるいは故人の霊を呼び出すとかいったこともな。そういうオカルト的な事象には、踏み込まない。今のところ我々の研究は、テレビ電話と似ていて、二者――あるいは複数の人における〝今〟と〝今〟を、ほぼ光速でつなごうとしているだけだ」

「ほぼ光速、というと？」

「量子効果は光速を超えるから、理論的には〝予知〟をしていることにはなる。ただし我々の実験レベルでは、問題にならないぐらい、ごくわずかな未来にすぎない。とにかく我々だって、すべての現象を解明したわけではない。だから研究を進めている」

室長はスクリーンを指さした。神経細胞の模式図が、映し出されたままになっている。

「いずれにせよ、鍵《かぎ》になるのは量子のふるまいだ。脳神経科学に量子情報科学などを取り込むことのような分野を、我々は〝量子脳科学〟と呼んでいる」

「量子脳科学……ですか」と、僕はくり返した。

「脳科学の新領域だ。これまでの脳科学に、新たな次元を与えるものと確信している。それにより、今まで突きとめられてきた脳領域の役割に、さらに大きなプラスアルファがもたらされるだろう。すでにこの分野では、脳そのものが一つの量子コンピュータと見なせると主張する研究者もいるんだ」

「確かに一千億近いニューロンが構成する脳は、スーパーコンピュータよりもはるかに複雑なシステムなんでしょうけど」

「単なるスペックの比較じゃないわ」と、金井オペレータが言う。「計算や記憶、さらに知覚などは、電磁気力である程度の説明は可能でしょう。けれども人の意識や感情には、量子レベルの作用がかかわっているのではないかということなの。

粕渕君がさっき言ったように、〝ひらめき〟のような現象はどうして生じるのか？　いくら考えても脳が処理している情報は、質的に電磁気力だけで説明できない。突きつめていくと、やはり量子の働きによるのではないかという仮説に突き当たるわけ。またそこが、人工知能と脳との最大の違いでもある」

「つまり、意識の有無？」と、僕が聞くと、金井オペレータは微笑んだ。

「それはネットワークシステムにおいて、量子がうまく機能しているかどうかの差かもしれないわね」

「脳だけじゃないだろう」室長が口をはさんだ。「受け止め方はさまざまだろうが、宇宙全体が一つの量子コンピュータと考える学者さえいる」

「人間みたいに、宇宙が何らかの意識を持っていると？」僕は室長にたずねた。「それが、量子の働きによってもたらされていると？」

彼はその質問には答えず、一度咳払《せきばら》いをした。

「いずれにせよ我々は、人類がいまだに解けずにいる、デカルトの『心身二元論』に切り込んでいくつもりだ」

「心身二元論？」

「要するに、相互作用は否定しないものの、心と体にはそれぞれ独立した実体があり、根本的に別だとする説だな。言い換えれば、精神は物質的作用によってもたらされるものではないということになる。確かにこれは、今でも謎のままだと思わないか？　その心身二元論を解き得る鍵こそ、量子脳科学だと思っている」

室長が金井オペレータの方を向くと、彼女は話を再開した。

「いつかは脳の量子情報を、量子コンピュータにコピーすることを目指して私たちは研究しているの。〝意識〟が情報だとすれば、脳という器にだけ存在し得るとは限らないでしょうから。義手や人工臓器があるように、人の意識だってコンピュータのような装置で再現可能かもしれないし、コピーすることも、他人が垣間見《かいまみ》ることも可能かもしれない。また脳内においても、量子はからみ合って〝量子ビット〟を構成していると考えられる」

「量子ビット？」と、僕はたずねた。

「可能な情報処理量を示す単位だと考えてもらえればいい。とにかく、そのような量子の性質を使えば、電磁気的情報処理量の指数関数倍――つまりまったく桁違《けたちが》いの情報処理が可能になる。すると、人間を超えた〝意識〟をも生み出せるようになるかもしれない……。そういう未来を夢見ながら、倉戸技師や粕渕研究員と話し合って、量子コンピュータについても共同研究をしているところなの」

倉戸技師が微笑みながら、彼女の話を引き継《つ》いだ。

「確かに遠い目標かもしれませんが、人の意識――自我や人格そのものを量子コンピュータで再現することはできないかと、僕も考えています。しかし実際のところ、テレパシストが量子のデコヒーレンスを感じ取り、識別できるメカニズムさえ、厳密には分かっていない。それを解明しないことには、量子コンピュータへの応用も難しいわけです」

「テレパシスト……」と、僕はくり返した。

「ここまで説明してきた送受信能力には個人差があって、特に優れているのが精神感応者――テレパシストだと考えられます」

「だから我々も、テレパシストを模倣《もほう》すればいい」と、室長が言った。「マインド・コミュニケータというマシンによってな。さっきも言ったように、目標は人工的にテレパシストを作ることだとも言える」

僕は室長に聞いてみた。

「それで、肝心《かんじん》のマシンはどこに？」

6

しかし僕の質問には、筑紫室長をはじめ、スタッフは誰も答えてくれない。

僕はもう一度、たずねてみることにした。

「さっき、試作機レベルまで開発が進んでいるとおっしゃっていましたよね。具体的にはどんなマシンなんでしょうか？」

周囲を見回してみたが、それらしいマシンはどこにも見当たらない。もっともそんなものがあれば、この部屋へ入ってきたときに気づくはずだ。

「倉戸技師がお勤めの、烏丸医工にあるんでしょうか？　それとも粕渕研究員が専攻されている量子工学の研究室かどこかに？」その質問にも全員、黙ったままだった。「やはり、マインド・ビュアみたいなものなんですか？」

しばらくして室長がパソコンを操作し、スクリーンにCG画像を映し出した。何かの模型のようだったが、球体にいくつかの幾何学《きかがく》模様をさらに組み合わせたような形状をしている。具体的にそれが何を表しているのか、僕にはよく分からない。

首をかしげている僕に、室長がようやく口を開いた。

「主な構成物質は、高分子化合物《ポリマー》。一個あたりの大きさは、細胞や細菌よりも小さい。これがマインド・コミュニケータだ」

僕は思わずつぶやいた。

「ナノマシン……⁉」

室長が、大きくうなずく。

「ビュアみたいに、脳の外部から情報収集するには、限界がある。しかも人の意識は、脳の深部まで量子レベルで読み解かないと、なかなか見えてこない。それで我々は、マインド・コミュニケータをナノマシン化することにして、量子工学専攻の粕渕研究員を交え、烏丸医工と共同開発に取り組んだ。〝ナノ〟は〝十億分の一〟を意味する接頭語で、マシン一個の直径は数十ナノメートル。髪の毛の太さの一万分の一程度しかない。こうしたナノマシンを、人の脳内に何億個も送り込むんだ」

「実はビュアの研究過程でも、ナノマシンを使うことは検討されていたの」と、堀尾主任が言う。「ナノマシンによって脳内で電磁波を探知し、外部にあるビュアの本体に送信できないかと考えてね。そのアイデア自体はペンディングにしたままだけど、このコミュニケータの予算は、名目上ビュアの造影能力を向上させるための研究として計上しているの」

次に、倉戸技師が話し始める。

「ナノマシンそのものは、すでに癌《がん》治療などに用いられている技術をベースにしています。また人工赤血球の製造技術なども参考にしました。脳の血管には、分子量の大きな異物をブロックする〝血液脳関門〟という機能がある。そこをクリアするため、親水性《しんすいせい》のポリマーと疎水性《そすいせい》のアミノ酸を組み合わせた特殊なカプセルの表面を、脳の栄養源で比較的取り込まれやすいブドウ糖で加工しています。このマシンの中央に〝トレーサー〟を収納する」

「トレーサー?」

僕がたずねると、粕渕研究員が補足説明した。

「僕たちはこのナノマシンが運ぶ、からみ合いの関係にある電子を、陽電子《P》

放射断層撮影《ET》の手法にちなんで〝トレーサー〟と呼んでいます。常温で作動する量子コンピュータの、プロセッサのために開発された技術も導入しました。このトレーサーにより、神経細胞ベースでの脳の解析が可能になる」

粕渕研究員の説明を聞きながら、僕は呆然とスクリーンに映し出されたマインド・コミュニケータを指さした。

「これ、動くんですか？」

室長が、愉快そうに笑った。

「君が今、想像しているような動き方とはかなり違うかもしれないがね。さっき君は、量子からみ合いの関係にある電子が、うまい具合にターゲットにあるとは限らないんじゃないかと言っていたな。このマシンの機能は端的に言って、からみ合いの関係にある電子を含む原子群を、それぞれの脳内に運ぶことにある」

「つまりナノマシンによって、脳という名の量子コンピュータに、他人の脳と呼応する〝素子〟を送り込む、ということですか？」

「まあそういうことだ。言い換えれば、ナノマシンがからみ合いの関係を維持したままの電子群を、後頭葉にある視覚野など、それぞれの脳内の特定部位に定着させていくわけだ。そうやって、言葉を交わさなくてもコミュニケーションできる環境を整えてくれる。そして片方の被験者Aの思念によって、からみ合いの関係にある電子がデコヒーレンスを起こせば、その影響がもう一方の被験者Bにも及ぶ。そうしたニューロンの発火現象が次々と生じていけば、もう一方の脳内に何らかのイメージが浮かぶ可能性があるというわけだ」

「現物を見せてもらうことはできないんですか？」と、僕はたずねてみた。

その質問には、神田医師が答えてくれた。

「今は容器で我慢して」

彼女は白衣のポケットから、ごく小さなガラス瓶《びん》のようなものを取り出し、僕に手渡した。瓶の口の部分は、ゴムで栓《せん》をしてある。

「コミュニケータは、こうした〝バイアル〟という専用のガラス容器に入れられていて、約十ミリリットルが注射によって体内に送られます。最初に開発したときは点滴静《じょうみゃく》脈注射だったんだけど、何とか改良して、このサイズにまで落とし込んだ」

「いずれは、スポーツドリンク風の飲み物にしたいと思っているんですけどね」と、倉戸技師が微笑んだ。

コミュニケータを入れる容器の見本を見ながら首をひねっている僕に、室長が言う。

「原理的には、〝惚《ほ》れ薬〟のようなものだと思えば理解しやすいだろう。自分と意中の相手の両方に投与すれば、心が通い合うんだからな。コミュニケータは理論上、他のマシンの補助なしに相手の心を読むことができるんだが、マシンの性格上、心が通い合うのは原則的に、二人の被験者間だけになる。コミュニケータの実験には、〝自己申告〟という弱点があるんだ。コミュニケータによって被験者が経験したことは保存されないし、客観的な証拠は残らないことになってしまう。そのため第三者への可視化は、やはりビュアに頼るしかない」

「つまり、マインド・ビュアを併用するということですか？」

「ああ。ビュアにより第三者も、被験者の脳内に浮かんだイメージを見ることが、ある程度は可能になる」

僕はバイアルを、神田医師に返した。そして気づいたことを、室長に質問した。

「しかし脳内に、量子からみ合いの関係にある電子を適切に配置していくというのは、かなり困難な作業なのでは？　そもそもナノマシンを被験者二名の体に送り込んでも、それぞれお互いに対応した部位に行くとは限らないんじゃないですか？」

「マシンが被験者A、Bの脳内の同じ機能をもつ位置に留《とど》まるかどうかは分からない、と言いたいのか？」

「ええ。たとえば被験者Aの視覚野で発火したとしても、それとからみ合いの関係にあるナノマシンが、被験者Bの視覚野にあるとは決めつけられないですよね。マシンをうまくコントロールしないことには、一方は視覚野のある後頭葉まで届いたとしても、もう一方は頭頂葉《とうちようよう》へ向かうかもしれない」

「ドラッグ・デリバリー・システム《DDS》か。重要な問題だな」

室長が堀尾主任の方に目をやると、彼女は再びスクリーンの前に立った。

「脳内の特定の部位にナノマシンを送り込むこと——つまりターゲティングは、不可能なことではありません」

「どうするんですか？」

僕がそうたずねたとき、彼女が少し微笑んだように見えた。

「ウイルスを使うんです」

「ウイルスを？」

僕の声は、半分ひっくり返っていた。

「そうです」彼女がスクリーンに、模式図らしきものを映し出す。「ナノマシンにはそれぞれ、小型のウイルスを積み込んである。まずナノマシン本体が、ウイルスを脳まで運ぶわけ。それらのウイルスは、遺伝子操作によって指定の部位に定着するようプログラミングされている」

よく分からないといった表情を浮かべている僕に、彼女は説明を続けた。

「つまりウイルス内の特定の遺伝子に、アドレスとして働く配列を付け加えておくわけです。それによってウイルスは、数千ものアドレスに対応する。そして量子力学的にからみ合った電子を含む物質は、私たちの希望する脳内の部位まで運ばれる」

僕はポカンと口を開けたまま、スクリーンを見つめていた。

「何を驚いている」室長は、そんな僕を見て微笑んでいた。「脳科学に限らず、多くの研究分野においてウイルスはさまざまな形で利用されているので、それほど珍しいことじゃない」

そして彼は、堀尾主任の説明を補足してくれた。

「要するにナノマシンの製造過程で、遺伝子組み替えによってアドレスを打ち込まれたウイルスを積み込んでおくわけだ。するとトレーサーは、被験者A、Bの視覚野など、それぞれの特定の部位に取りつき、からみ合いの関係にある電子を供給する。その後、たとえば被験者Aが何らかのイメージを強く思い描くことによって、ある部位の電子がデコヒーレンスを起こすと、被験者B側でも同時にからみ合いが解けて神経細胞が発火現象を起こす。

すると被験者Aの描いたイメージが、ミラーニューロンのサポートなどを受けて被験者Bにおいても結像するというわけだ。相手のイメージを、からみ合いの関係にある量子の仲介《ちゅうかい》によって、こっち側でも近いものを感じ取ることができることになる」

「でも……」僕はつぶやくように言った。「ナノマシンに積み込まれたウイルスが体内を駆けめぐった後、脳に定着するんですよね」

「ナノマシンもウイルスも、一定時間が経過すれば機能停止するか分解し、体外に排出される。

画期的な量子デリバリー・システムで、動物実験では副作用も確認されていない」

　なるほど、と僕は思った。

「動物実験はマインド・ビュアだけでなく、コミュニケータのためでもあったんですね？」

「頭に浮かんだイメージについてまで、サルから聞き出すわけにはいかないがな」と言って、彼が笑う。「ここから先は、サルではできない。人間でないと……。しかもこの方法に、まったく問題がないわけではない」

「というと？」

「まず、起動時間だ。実験可能な状態になるまでに、約十時間——半日かかる。そのくせ、動物実験だと効果の最盛期は一時間も続かないようだ」

「安全面での配慮からですか？」と、僕は聞いた。

「もちろんそれもあるが、さっき説明した通り、量子からみ合いは一度解けると復帰しない。するとからみ合ったトレーサーを新たに供給しない限り、能力は劣化《れっか》し、やがてなくなるわけだ」

「念のために聞いておいていいですか？」

　僕は、遠慮気味に片手をあげた。

「何だ？」

「このナノマシンでできるのは、テレパシーだけですか？」

「どういう意味だ？」

「ほら、超能力ならいろいろあるじゃないですか。たとえば透視《とうし》とか念動力《サイコキネシス》とか、瞬間移動《テレポーテーション》とか。他にもこう、指から光線が出たりして……」

「そういうのは、ジェダイに頼め」と、彼は言った。

僕は漠然《ばくぜん》と、室長は『スター・ウォーズ』のファンなのかなあと思いながら、質問を続けた。

「他に、何かリスクは？　脳炎や脳梗塞《こうそく》を起こしたりしないんですか？」

「ナノマシンにはタイマーを仕掛けてあるので、ウイルスともども、時間がたてば分解すると言っただろう。安全面だけでなく、前後の実験と影響が重なってしまうのも困るからだ。動物実験によって、体調が極端に変化することはないと確認されている。ただし他人のイメージが飛び込んでくると、目まいなどはあるかもしれない」

リスクについてはまだ不安だったので、僕はさらに聞いてみた。

「体内でウイルスが増殖《ぞうしょく》するようなことは？」

「複製機能は急激に減衰していくよう操作してある。君が心配しなくても、製造から消滅にいたるまで、バイオセーフティには細心の注意を払っている」

「ウイルスが突然変異したりはしないんですか？」

「それは分からない」室長は僕から目をそらし、作り笑いを浮かべた。「もっともトレーサーはリボ核酸《RNA》のみを用いた非ウイルス性システムも研究中なので、いずれはより安全かつ効率的な方法に切り替えていきたいと思っている」

僕は頭の中で、ここまでの話をざっくりと整理してみた。

要するに彼らは、量子の性質によって、人の脳内のイメージを他の人に伝える研究を新たにしているようだ。そしてそれを当事者間だけでなく、マインド・ビュアによって第三者でも理解できるところまで進めたいと考えているらしい。

「被験者二名での実験は、もう始めている」と、室長が言う。

「それで?」

彼は首をふった。

「なかなかうまくいかない。ナノマシンは機能していると思うんだが」

「原因の究明は進んでいるんですか?」

「理由はいろいろ考えられる。一つ言えるのは、信号密度に大きな課題があるということ」

それは何となく分かる気がした。

「つまり、信号が弱いということですよね」

「そうだ。その対策も検討していて、〝ブースター〟をつけてみてはどうかと考えている」

「ブースター?」

僕は首をかしげた。

「意味は分かるだろう。信号の増幅器《ぞうふくき》だ。〝触媒《しょくばい》〟のようなものと考えてもらってもいい」

「ナノマシンを改良するんですか?　それともマインド・ビュアの方を?」

「もちろん、それも検討中だが、時間がかかる。そこで、量子からみ合いに起因《きいん》する生体電磁波に対する感受性の強い人に、協力してもらうことにした。つまり、テレパシストに」

僕は、彼の言葉をくり返した。

「テレパシストに、協力してもらう?」

室長はホワイトボードに向かうと、マーカーで「A」と「B」を横並びに書いた。そしてその間に「A′」と書き加え、それぞれを線でつなぐ。

「単純に言えば、被験者Aの情報を、被験者Bが受け取れない場合、A′――つまりテレパシストがひとまず受け取り、それを被験者Bに伝えるというパターンなら成立するのではないかということだ。テレパシストは、中継地のような役割と考えてもいい。ただしこれだと伝言ゲームみたいでまどろっこしいから、次のステップとして、三者間量子エンタングルメントというのを取り入れることも検討している。その名の通り、三者間における量子からみ合いのことなんだが……」

僕は、ホワイトボードを指さして聞いた。

「ブースター役のテレパシストには、ＡＢ両方の被験者のビジョンが入ってくることになりますけど、混乱するのでは？」

「やってみないと分からない。実際には、マシンの効果はまだ何も表れていない状況なんだから」

彼はため息をもらしながら、ホワイトボードの「Ｂ」の文字を消した。

「まずは一対一《マンツーマン》の実験からだ。最初は少なくても一方に、テレパシストに協力してもらうつもりだ。テレパシストなら、何らかの入感が期待できるからな。実験は、そこから始めることになる」

「テレパシストだったら、何もナノマシンを使わなくても、イメージを送受信できるのでは？」

「そう言うと、身も蓋《ふた》もないじゃないか。少なくとも初めはテレパシストに頼るしかないが、彼らの能力とマシンの効果を区別して研究するということだ。いろいろと試行錯誤を続けながら、マインド・コミュニケータを誰にでも利用可能なマシンに仕上げていくつもりだ。将来的には、製品化も視野に入れている」

彼らが思い描く理想像が、僕にはまだ実感できずにいた。

「イメージの交換なら、マインド・コミュニケータを研究するよりもテレパシストを見つけてきた方が早そうな気がしますけど」

「テレパシストに頼っているうちは、製品にはならないでしょ」と、倉戸技師が言った。「まさかテレパシストを付けて納品するわけにもいかない」

室長が微笑みを浮かべた。

「そもそも、テレパシストを使って人の心を見るだけでは、意味がない。メカニズムを解析して一般化し、医療や福祉に役立てていかないと。テレパシストにしても、どうしてそうした能力が備わっているのかは、彼ら自身にも分かっていない。そのことについても並行して研究したいと思っている。テレパシストのデータがうまく取れれば、いずれは量子コンピュータとスーパーコンピュータのユニットに、同様の能力を持たせることが可能かもしれない。もっともそれは、ずっと先の研究目標になると思うが」

7

室長がテレパシストを使うと言い出したあたりから、おかしな方向へ話が向かったと感じていた僕は、彼に聞いてみた。

「つまりこの研究室の本来の目標は、テレパシーの研究をすることだったんですか？」

するど室長は顔をしかめた。

「テレパシーの研究と言ってしまっては、我々のような研究室に表立って国からの研究費は出にくい。いわゆる超科学や超心理学に手を染めるのだとすると、生命科学研究機構内外からの大きな反発が予想される。なので我々は、公表できるような成果が出るまで実験内容は一切極秘とし、あくまで表向きは、現実的な成果が見込めるビュア研究の延長として進めることにした。しつこいようだが、君もソーシャル・ネットワーキング・サービス《SNS》などには、一切書かないように」

僕はうなずきながら、「テレパシーの研究なんて、SNSに書いたところで信用してもらえないですよ」と、つぶやいた。

「そうでもない。アメリカの中央情報局《CIA》だってかなり以前から真面目に研究していたし、国レベルで極秘にして研究するケースが、ないわけではない。ただし我々とは、目的が違うがな。今でも案外、どこかで秘密裏に研究はされているはずだ。我々も、名目上はビュア研究なんだが、実はコミュニケータ実験に使えるシステムを新たに開発している」

以前、倉戸さんがそんなことを口走っていたのを、僕は思い出した。

「確か、被験者二名を離れたところでテストしてみるとか……」

「そうだ」と、室長が言う。「趣旨からして、片方の被験者を遠隔地《えんかくち》におき、テレパシーでイメージを共有できるかどうか、実験する必要が生じてくるためだ」

「どこか別に研究用の部屋を借りるんですか？」

「それだと一定の距離では試せても、多様なテストができない。それでビュアをワンセット丸ごと、トラックに積み込むことにした。我々はモバイル・ビュア——あるいは単にモバイルと呼んでいる。搭載するビュアを含め、倉戸技師を通じて烏丸医工に発注した。間もなく完成し、来週には納車の予定になっている」

室長はスクリーンに、モバイル・ビュアの写真を映し出した。

何の変哲もない保冷車みたいというのが、僕の第一印象だった。

その写真を室長が指さして続けた。

「実験室同様、外壁には電磁シールドを施《ほどこ》してある。データは、ネットにつないでやりとりすることになる。このモバイルで、あちこち行く予定だ。海とか、山とか。楽しいぞ」

彼が僕に向かって微笑みかける。

「当然、モバイルを稼働させるには人手がいる。それ以前に、コミュニケータ実験を本格的に始める段階ですでに手が足りなくなる。ビュアとは別に、プラスアルファの作業をするわけだからな」

彼は、僕に顔を近づけた。

「そこで、君に頼みがある。もう気づいているとは思うが、マインド・コミュニケータ研究の助手を引き受けてくれないか？」

僕は、あえてたずねてみた。

「助手だけですか？」

「いや、できればコミュニケータの被験者も」と、彼が言う。「来月の国際シンポジウムの発表まで、時間がない。かと言って、黙って君を被験者にするわけにもいかない。現時点で可能な限りの説明はさせてもらった。君だって、ビュアのモニターのバイト料だけでは足りないだろう。協力してもらえるとありがたい」

室長は、僕に向かって頭を下げた。

僕は、すぐに返事ができずにいた。僕みたいな者でいいのか？　という思いがある一方で、彼らの研究そのものに何やら危ういものを感じていたからだ。最初からどことなくうさん臭かったが、やはりテレパシストに協力してもらうと言い出した時点で、かなりヤバい気がしてならない。

〝量子脳科学〟だと室長は主張していたが、これは超心理学などと同列の、〝超脳科学〟とでも呼ぶべきトンデモ科学ではないだろうか。だから、まともな人物は取り合ってくれないに決まっている。それで仕方なく、僕みたいな奴を口説《くど》いているのかもしれない……。

まだ納得がいかなかった僕は、もう少し室長に聞いてみることにした。

「すでに多額の研究費を使っているようですけど、今お聞きしたコミュニケータの作動原理というのは、あくまで仮説の上に成り立っているんですよね？」

「だから、これから実証していくつもりだ」と、室長が答える。

「もし研究に失敗したりすれば、ピュアの研究予算が出なくなるどころか、今まで築き上げた地位や名誉も、すべて失うかもしれないじゃないですか。生命科学研究機構に属する研究室が、テレパシーみたいな超科学を研究テーマにしていていいんですか？」

「テレパシーの研究がどうのこうのというより、我々が人間について、いかに分かっていないのかということだと思う。何しろ人間は、自分が自分であるということが、どういうことなのかすら分かっていない」

だからスタッフたちも、研究価値は大いにあると思ってやっているわけだ。しかしその性質上、慎重に取り組まねばならないことも多い。しかるべき成果が得られるまで、対外的には研究内容を一切極秘にしておくのも、その一つだ」

僕はあごのあたりに手をあてながら、質問を続けた。

「もし成功したとしても、いろいろ問題が多くないですか？」

「そうかな？」

彼は逆に、僕にたずねてきた。

「だってそうでしょ。卑近《ひきん》な例だと、ＳＮＳで『イイネ』を付けたフォロワーの本心を知ることができてしまうかもしれない。そういうことはむしろ、コミュニケーションの破壊につながっていくんじゃないですか？

使い方によっては人間関係だけでなく、個人の人格すら大いに揺さぶる可能性がある。それにこれは、ビュアにも言えることですけど、本人の合意なしに人の心をのぞき見るようなケースが起きてしまうのでは？」

「その点については最大限に注意するつもりだ。本人の了解を得た上で実験を行う」

「いや、実験だけじゃない。社会の秩序《ちつじょ》は、プライバシーが保障されていることによって保たれているといえる。この研究が成功すれば、それを根底から揺るがしかねない」

「だからマシンの使われ方には、十分気をつけていかなければならないと、我々も自覚している。それに目的はあくまで、脳機能の解明だ。どうだ、君だって興味があるだろう？」

室長は、僕を見つめて作り笑いを浮かべていた。

いろんな話を一気に聞かされて少々混乱していた僕は、誰とも目線を合わさずに片手をあげた。

「すみません。トイレへ行かせてください。ちょっと頭を整理してきます……」

8

しばらくして戻ってきた僕は、気づいたことを室長に聞いてみた。

「あの、肝心のブースター――実験に参加するテレパシストの目処《めど》はついているんですか？　て言うか、テレパシストなんて見つかるんですか？　助手を探すより、そっちの方がよっぽど大変だと思うんですけど」

それに対する室長の答えは、僕にはちょっと意外なものだった。

「そんなに大勢はいないが、まったくいないわけでもない。多少未熟であったとしても、比較的テレパシー能力の高そうな人物を、探して使おうと思っている。実験に協力してくれれば、彼らに会う機会はあるだろう」

「やはり超能力者も、ネットで募集するつもりですか？」

室長は僕の顔を見ながら、噴《ふ》き出した。

「超能力者を募集しても、集まるもんか。やってきたとしても、どうせインチキ・エスパーだ」

「そんなふうに断言はできないと思いますけど」

「いや、本当に能力があれば、またその人物にそれなりの分別《ふんべつ》があれば、自分からは言わないと思う。そのへんの事情は、さっき君が指摘した通りだ。人の心なんて読めたら、コミュニケーションを壊してしまうかもしれない。黙っていないと、どんな目に遭うか分かったもんじゃないからな。だからまわりに自分がテレパシストだと気づかれないよう、用心しているはずだ」

「だったら、余計に見つけにくいじゃないですか。どうやって探し出すんですか？　人の心が読めるんだから、金儲《もう》けしたり、成功している人のなかから見つけ出すとか？」

「そうとも限らないだろう。人の思考が見えるというのは、案外うっとうしいものかもしれない。相手の嘘だって見抜けてしまうし、いろいろ聞こえ過ぎると悩み苦しんでしまうというのが自然な成り行きじゃないか？　心を閉ざす人もいるかもしれない」

「だったら、テレパシストなんて見つかるわけがないのでは？」

「それがそうでもない」室長は首をふった。「テレパシストかどうか、本人がいくら黙っていても、テストをしてみれば分かる場合がある」

「テストを？」

　すると僕の仕事は、まずこうしたテストを実施してテレパシストを集めるところから始まるのだろうか。

「今からそんなテストをするのは、大変な作業でしょう？」

　室長が、悪戯っぽい微笑みを浮かべた。

「実はテレパシスト探しは、すでに我々でやっている」

「え？」僕は目を瞬かせた。「どうやって？」

「君も受けたじゃないか。マインド・ビュアの実験を進めながら、被験者になってもらった数百人の中から、特異な反応が得られた人を探していったんだ」

　なるほど……。マインド・ビュアは、脳内のイメージを可視化するだけでなく、テレパシストを見つける装置でもあったというわけである。

　それならそれで、先に言えと僕は思っていた。

「候補者は、すでにピックアップしている。二名については交渉を始めていて、一応、内諾は得ている」

「どんな人ですか？」と、僕は聞いた。「一緒に仕事をするかもしれない人なんですよね？」

僕の質問にすぐには答えず、彼はホワイトボードに、1から5までの数字を書いた。

「我々はテレパス能力を、暫定的《ざんてい》に五段階に分けて評価している。通常は〝1〟がほとんどなんだが、その評価レベルで〝4〟を出した被験者がいた。君も会ったことがある、武藤尋己だ」

名前を聞いてすぐに思い出した。セラピストの仙道先生に付き添われて、ここにやってきた男だ。

「虐待やいじめなどの経験で、そうした能力が研《と》ぎすまされていったのかもしれない。この件は、仙道先生にも話してある」

室長は、苦笑いを浮かべた。

「さすがテレパシストだ。武藤は会っただけで、こっちの用件を察していた」

「それで彼は、OKしたんですね？」

「最初は渋っていた。自分自身の能力をようやく認めた後も、誰の心の中も見たくないと言ってな。けれども、彼のそんな状況の理解につながるかもしれないと仙道先生も説得してくれて、協力してもらえることになった」

「もう一人は？」と、僕は聞いた。

「もう一人と言うか、二人と言うか……。実光姉妹だ」

それを聞いた僕は、全身に鳥肌が立つような感覚に見舞われた。武藤のような境遇の人間にテレパシストがいるのであれば、ひょっとして実光姉妹も……と思っていたところだったのだ。

「空歩の方に、歪《いびつ》ながらテレパス能力が認められる」と、室長が言う。「段階的にはレベル〝3〟

に相当する」

　確かに空歩は前に話したとき、ひどく勘がよかったことを僕は思い出した。僕の桜蘭に対する思いも何もかも、彼女には見透かされていたのかもしれない。

　室長は彼女について、少し補足をした。

「ただし平均するとレベル3ということであって、時と場合によって、現れたり消えたりするようだ」

「現れたり消えたり？」

「彼女の能力はまさに未熟で、自分でもうまく使いこなせていないようだ。もっとも人格の制御もままならないんだから、分からないでもないが」

「それで彼女は？　ＯＫしたんですか？」

「ああ。自分の能力の謎を知りたいと言って、参加を決めてくれた」

「桜蘭さんは？」と、僕は聞いてみた。

　空歩に能力があるのなら、桜蘭の方にもと思ったのだ。

　室長は首をふった。

「桜蘭には今のところ、空歩ほどの反応は認められない。ただし五段階評価では、レベル2だ。今後、能力が開花する可能性は否定しないがな。実は彼女は、空歩がコミュニケータの実験に協力することを、あまりよく思っていないようだった。ただ、自分の謎について知りたいという点では一致していたので、条件付きで了承した」

「条件、ですか？」

「実光姉妹の人格は、催眠術によって入れ替えられる場合がある。彼女が出した条件は、自分が桜蘭のとき、そうした方法で空歩を呼び出さないでほしいというものだ。自分に戻れなくなるかもしれないというのが、その理由だ。仙道先生からも、姉妹への負担が大きいかもしれないので、強制的な人格交代はあまりお勧めしないとのことだった。それで桜蘭には君同様、助手として参加してもらう予定になっている。とにかく武藤尋己と実光空歩の二人が、実験に協力してくれるブースターだ」

最初、二人とも僕が想像していたテレパシストのイメージとは、ちょっと違うように感じていた。けれども人の心の裏側まで見えるようになれば、多少ひねくれたりするのかもしれない。

「実は内諾の取れていない候補者が、もう一人いる」と、室長が言う。

「誰ですか?」

僕がそうたずねると、彼は声をあげて笑い出した。

スタッフたちも、つられたように笑っている。

「やはり、私の買いかぶりだったかな」室長は僕を見つめた。「何故我々が、こんな話を君にしていると思ってたんだ」

僕は目を瞬かせながら、自分の鼻先を指さしてたずねた。

「まさか、僕にも……?」

「ビュアでの実験で、その感触は得ている。二人ほどではないにしても、他の人よりは若干《じゃっかん》高い。五段階評価で言うと、桜蘭と同じくレベル〝2〟だな。もっとも自分で気づいていないようだから、たいした能力じゃないのかもしれないが」

「あくまで潜在能力ね」と、堀尾主任が言った。「桜蘭もそうだけど、まだ安定的な発現はしていない。でも出島君、発想も人とはどこか変わっているし、開発の余地はあると思う」

「レベル2……」

僕は、室長の言葉をくり返していた。何にせよ、僕みたいな人間が、テストで他の人よりレベルが高いと言われたことは、過去になかったような気がする。

「あまり素直に喜ばない方がいいかもしれない」室長は僕を見ながら、首をふった。「その代わりかどうか、程度の違いこそあれ、全員コミュニケーション能力には幾分《いくぶん》、障害が認められるようだしな」

そう言われてみると、確かに僕も人間関係は苦手な方だったし、そのせいか、ずっといじめられっ子だった。自分のコミュニケーション障害については否定しない。一方で自覚こそなかったが、社会に溶け込めず、自分で心を閉ざしている分、未熟ながら鋭敏になった感覚があるのかもしれない……。

室長が、僕の肩に手をかけた。

「君に手伝ってもらいたかったのは、その潜在的な能力故《ゆえ》でもあったんだ。もちろん、君たちの秘密は厳守する。おまけにコミュニケータの研究は、君たちが置かれている状況の理解につながるかもしれない。引き受けてもらえないか？」

僕は室長から、改めてプロジェクトの助手だけでなく、被験者としての協力を依頼された。

今までの話を整理しながら、僕は思案を続けていた。

武藤や実光姉妹だけでなく、僕だって自分なりの苦しみをかかえて生きているわけである。自分を苦しめるものの正体を突きとめ、できればそれらから解き放たれたい。そうした点で、マインド・コミュニケータに対する密《ひそ》かな期待がないわけではない。

いつか何らかの形で、自分をいじめてきた社会を見返してやりたいという気持ちだってある。得られるかもしれない能力を、ポーカーのようなギャンブルに使うのはどうだろう。あるいはコミュニケータを使ってセックスをすれば、お互いにより分かり合えて快感が高まるのではないだろうか。もっとも浮気してたら、それもバレるかもしれないが……。

何より、実光姉妹の存在が判断に与える影響は大きかった。桜蘭と一緒にいられる機会が多くなるわけである。その間に自分の気持ちを、彼女に伝えられるかもしれない。ただし苦手な空歩とも、そうなってしまうわけなのだが。

もちろん、室長をはじめとするスタッフの役に立ちたいという思いもある……。

椅子に腰かけたまましばらく考え続けていた僕は、一度うなずき、ようやく引き受ける決心をしたのだった。

9

三日後の夕方に、僕たちは再び集まった。

会議室には仙道先生に付き添われた武藤や、実光姉妹の——残念ながら桜蘭ではなく——空歩がいた。強制的な人格交代はしないそうだから、実光姉妹は当日顔を合わせてみるまで、どっちのキャラが出ているか分からない。

まるで量子の性質みたいではないかと、僕は思った。

「こんにちは」

僕が挨拶すると、空歩は不機嫌そうに片手をあげた。

「よ、紙一重……。相変わらずこだわりの強そうな顔をしてるわね」

僕は彼女のコメントに対して、迂闊《うかつ》に言い返さないことにした。それがきっかけで暴発して、絨毯《じゆうたん》爆撃のような罵詈雑言《ばりぞうごん》を浴びるような目には遭いたくないのである。

彼女の隣で、仙道先生がスタッフたちに話していた。

「最近の傾向として桜蘭と空歩は、ほぼ日毎《ひごと》に入れ替わっているようだ」

セラピストとして実光姉妹の治療は継続するので、何らかの人格に統一された場合、テレパス能力が保証されないことを了承してもらいたい、とのことだった。

まず僕たちは、事務的にメールアドレスを交換し合った。嬉しいことに、桜蘭のメアドもゲットする。

改めて、僕は武藤と空歩に目をやった。

僕もここで使ってもらえることになったが、自分を含めて三人とも、社会ではなかなか通用しないようなキャラクターだと思えてならない。テレパシストには案外、そうした人物が含まれているようだ。要するに、社会ではずっと疎外《そがい》されてきて、自分たちも社会とどう接すればよいか分からずにいるような人たちである。

僕がぼんやりとそんなことを考えている間に、室長がホワイトボードの前に立って話し始めた。先日のおさらいみたいな内容に続けて、僕たち三人に向けての話になる。

「コミュニケータ実験は、君たちの脳機能の解明にもつながる。君たちは特殊な能力を持っていても、未熟であったり、コントロールできていなかったりする。実験を通じて能力の本質を理解し、正しく適切に使えるようになっていけばいいと思っている」

さらに僕たち被験者が一度コミュニケータの実験を受けた場合、安全性などを慎重に考慮して、次の実験までは二、三日空けておきたいと付け加えた。

「何か質問は？」

彼がたずねると、空歩が手をあげた。

「質問じゃないけど、代理で一言」彼女は、そう前置きして話し始める。「コミュニケータ実験に協力したいというモチベーションは、桜蘭にもある。彼女もメールに、『人と分かり合えるようになりたいから』と書いていました」

室長はそれを聞きながら、安堵したような表情を浮かべていた。

「さて、君たち三名を迎え入れ、研究室では新たな実験を始める」室長は大きな声で言った。「我々が掲げている量子脳科学は、今はまだキワモノ、眉唾《まゆつば》としか他の人の目には映らないかもしれない。しかし、かつては電磁気力がもたらす現象――静電気さえも、魔法のように思われていた時代があったことを思い出してほしい。我々の研究成果が、人類の情報処理に対する考え方を大きく変えていくかもしれないんだ。それぐらいの気概をもって、取り組んでいこうじゃないか！」

僕たちは実験室に移動し、ビュアでＥＳＰカードなどを使った基礎《ブレーン》データの再取得に協力した。その後、操作室でデータを検証する。

あらかじめ聞かされていたように、僕のテレパス能力はさほどでもなかったが、武藤はパーフェクトでこそないものの高い正答率を示していた。空歩の正答率も、僕よりはずっと高い。

僕は人ごとのように、この世にテレパシストというのはやっぱり存在するんだと驚いていた。

「君たちの能力には、先天的な要素もある」と、神田医師が言う。「それがいじめなどの社会環境によって、顕在化《けんざいか》したことは考えられる」

　空歩が苦笑いを浮かべていた。

「でもあたし、能力がコントロールできていないせいか、何かが見えているという自覚はないわ……」

　筑紫室長が軽く手をたたく。

「次からはいよいよ、マインド・コミュニケータの実験だ。最初に、トレーサーで君たちの能力が強化されるかどうか、さらにそれが言語を介さないコミュニケーションにつながるかどうかを調べていく。受信に関しては比較的高レベルで安定感のある武藤君を軸に始めていきたい」

　彼は、うつむいたままうなずいていた。

　僕は武藤にたずねてみた。

「テレパシーでイメージが伝わってくるというのは、どんな感じなの？」

「さあ」彼は首をかしげながらも、その質問を察していたかのように答えた。「創作のヒントが降りてきた感覚に近いかもしれない。俺にとっては、あまりありがたいものではないな……」

　室長がみんなに言った。

「当面の目標は、十一月六日に都内で開催される国際シンポジウムでの発表だ。ビュアについて報告することは決めているが、コミュニケータについても、何らかの成果が得られれば慎重に吟《ぎん》味《み》した上で公表する。じゃあ、よろしく」

　その日は、それで解散となった。次は来週の月曜日の夕方、武藤を中心にコミュニケータ実験が開始される予定になっている。

「ゆくゆくは、ノーベル賞も夢じゃないな」と、倉戸技師がつぶやいていた。

しかし僕は、前途はそんなに明るくはないのではないかと感じていた。下手《へた》をすれば、学会から追放されることも考えられるのである。

いずれにせよ、街に監視カメラがあふれ、ネットに何でもかんでも書き込まれる今、個人の脳内はプライバシーの最後の砦《とりで》と言えるかもしれない。僕たちが研究するマインド・ビュアとマインド・コミュニケータは、ついにそこへも切り込んでいこうとしているのだ。

第二章　経済

1

翌週の月曜日、三名の被験者を新たに加えたマインド・コミュニケータの実験が開始された。

筑紫室長の説明通り、実験のスケジュールは段階的に組まれている。テレパス能力のない被験者同士によるコミュニケータ実験は極秘裏《ごくひり》に始められていたが、これといった成果はまだ得られていないのだという。仮に成功していればテレパス能力のある者が仲介する必要はないのだから、当然といえば当然かもしれない。

それで今回は、まずテレパス能力が認められる被験者を加えたマンツーマンの実験により、ナノマシンによる効果の確認と調整を進めていく。

ステップ2では、テレパシストをブースター——つまり仲介役とし、三名での実験を行う。

そしてナノマシンに改良を重ねた上で、ステップ3として、僕や桜蘭のようなテレパス能力の低い被験者、あるいは当初の目標であったテレパス能力のない被験者二名での実験に戻していく予定だ。

被験者のメインは武藤尋己に担《にな》ってもらい、空歩が協力できるときは武藤に実験を休ませるという態勢をとる。僕はスタッフたちとともに、武藤や空歩と相対《あいたい》する被験者役を務め、その他の日は助手として庶務《しょむ》や記録などを担当する予定だ。

初日はまず、武藤と堀尾主任が被験者席に座ることに決まった。

二名の被験者は、ブドウ糖が添加されたナノマシンが脳へ向かいやすいように、朝は絶食して実験に備えなければならない。その後はなるべくコンディションがそろうよう、同時にナノマシンを注入され、安静を保ちながらトレーサーの定着を待つのだ。

武藤と堀尾主任はすでに今朝、ナノマシンを注入され、神田医師や仙道先生に見守られながら、約十時間後とされる効果の発現を待っている状況だ。

その間に僕たちは、いつも通りマインド・ビュアの実験をこなした。

武藤はスタンバイ中、膝《ひざ》をゆすったり時折独り言をつぶやいたりして、落ち着かない様子だった。

「基礎《ブレーン》データは、もう主任の分も取ってある」と室長が言う。「それらが被験者間のコミュニケーションによって、変化するかどうかを見てみたい」

しばらくして、実光姉妹が操作室に顔を出した。

被験者役が武藤に決まっていたからというわけでもないと思うが、今日の彼女は空歩ではなく、桜蘭の方だった。

「こんにちは」

僕はどきどきしながら、彼女に挨拶《あいさつ》をした。

彼女も少しうつむきながら、お辞儀をする。

「大丈夫、空歩のことは聞いたから」強張《こわば》った笑顔を浮かべながら、僕は桜蘭に話しかけた。「彼女とはうまくやってるの？」

桜蘭は軽くうなずいたかと思うと、首をかしげた。

「知らないうちにお金がなくなっていたり、ときどき買った覚えのない服があったりするし……」

「二人の趣味が違うんだから、仕方ないよ」と、僕は言い繕《つくろ》った。「空歩にも言い分はあるだろうし、お互いさまじゃないのか?」

それを聞いた彼女は、再びうなずいた。

「うん。ルームシェアしていると思うようにしているの」

その近くで時計を見ていた粕渕研究員が、室長に報告した。

「もうそろそろトレーサーが定着するころだと思います」

室長はうなずきながら、軽く手をたたく。

「さて、そろそろ始めるか」

いつの間にか、時刻は五時を過ぎていた。

実験は最初、送信側を堀尾主任、受信側を武藤が務める。

武藤が実験室に向かって歩き出したときだった。

操作室の扉が開き、上質の背広を着た初老の男性が、威圧感を漂《ただよ》わせながら入ってきた。そしてみんなに向かって、よく通る声で言う。

「雁首《がんくび》そろえて残業か?　研究熱心なことだな」

軽くかわすように、室長が対応する。

「まあそんなところです」

スタッフたちは全員起立して、男の方に注目していた。

彼の顔は、研究所のサイトやパンフレットで僕も見た覚えがある。砂田茂《すなだしげる》所長だ。

「それでどんな具合なんだ?」と、彼はたずねた。「国際シンポジウムが近いんで、ちょっと様子を見にきたんだが」

「はい、我々もそれを照準に取り組んでいるところです」

「仕事熱心なのはいいが」所長は、ガラス窓の向こうにあるビュアに目をやった。「君たちの研究室は金を使い過ぎる割に、成果に対しては疑問の声もあがっている」

それは当然かもしれないと思いながら、僕は所長の嫌味を聞いていた。何せここでは、研究費のほとんどを未発表のコミュニケータに注《つ》ぎ込んでいるのだから。

彼は、室長のまわりをゆっくりと歩きながら続けた。

「予算は他の研究にまわした方がいいという進言も、私のところに届いている。芽の出そうな研究テーマは、他にいくらでもあるからな」

「お言葉ですが、この分野の研究成果は、もう少し長い目で見ていただかないと。私見で恐縮ですが、マインド・ビュアの発表につきましても、来月のシンポジウムではやや時期尚早《しょうそう》かと」

「発表したくないと？」

「そうは言っておりませんが、何分未完成なので……」室長は顔を伏せた。「しかしおおせの通り、成果を出して学会でアピールでもしないことには」

「そう、予算が下りず、研究も続けられなくなる。だから私が君らのために、発表の場を段取ってやったんだ。まあ、せいぜい頑張《がんば》ってくれたまえ」

所長は片手をあげると、部屋を出ていった。

その場に突っ立ったままの僕やスタッフに向かって、室長が言う。

「さあ、続けよう」

コミュニケータの実験のときは、二脚あるビュアの椅子《いす》と椅子の間はパーティションで仕切られ、お互いのディスプレイの映像が見えないようにされている。

そして二人の被験者のテレパシーによるコミュニケーションを、我々第三者はビュアのデータによって確認する。

得られたデータは、ナノマシンを投与していないときの実験データと比較される。二人に共有してもらうイメージの精度や正答率に上昇が見られれば、それをマインド・コミュニケータの効果と見なしてよいと考えるわけである。

席につく前、堀尾主任が武藤の方を向いて微笑《ほほえ》みを見せた。

「お手柔らかにね」

倉戸技師がセッティングを確認した後、僕たちは二人を実験室に残し、操作室に引き上げた。

いよいよ実験が開始される。堀尾主任側のディスプレイに、ESPカードや写真を映し出していくのだ。武藤側の反応がどう出るか、僕たちは操作卓のディスプレイで確認することにした。

金井オペレータがディスプレイをオンにした途端、武藤側の目まぐるしい映像の変化に、僕は驚かされた。

どのカットも抽象的で、何が描かれているのかさえよく分からない。ただしその中に、車や飛行機や、野生生物に見えなくもないものが交じっているようだった。とにかく一つの画面に複数の要素が重なっていて、それが目まぐるしく変わっていくのだ。

どうやら、これが武藤の頭の中のようである。実際この通りかどうかは分からないが、もしこれが彼の頭の中だとすると、相当苦しい思いをしているのではないかという気がした。

桜蘭も呆然《ぼうぜん》としながら、操作卓のディスプレイに注目している。

僕はその画像の中から、堀尾主任が送信しているはずの、ESPカードの模様を探した。

気のせいと言われても仕方のないレベルかもしれないが、確かにそれらしいものが含まれているようだ。とはいえイメージの洪水に翻弄《ほんろう》されながら、それを正確に判別するのはとても困難なことのように思える。

ディスプレイを見続けながら僕も桜蘭も驚きを隠せずにいたが、他のスタッフたちは、緊張はしているものの比較的落ち着いていた。これまでに何度も武藤の脳内イメージをチェックしているからかもしれない。

「やはりいろんな人物の心象が、ランダムに押し寄せているようですね」と、金井オペレータが言った。「ターゲットである堀尾主任に絞《しぼ》り込めていない」

すぐ後ろで仙道先生がうなずいている。

「しかもそれに、武藤自身の想像力が加わって、情報を攪拌《かくはん》している」

僕は室長にたずねてみた。

「何とか絞り込めないんですか?」

すると室長はマイクのトークボタンを押し、実験室の武藤に語りかけた。

「武藤君、隣の席にいる、堀尾主任のことを強く思ってみてくれ」

僕たちはディスプレイに注目したが、さほど変化はみられない。

「こっちでもやってみるか」室長が、金井オペレータに指図する。「ESPカード以外の要素を、ノイズとして消去してみてくれ」

うなずいた彼女がキーボードを操作すると、ディスプレイの画像は次第に簡素化されていった。

そして星型や、川の字に似たマークなど、堀尾主任側のディスプレイと酷似《こくじ》した画像が、武藤側のディスプレイでも確認できるようになる。両者はぴたりとは一致しないものの、同じマークがそろって出るタイミングがしばしばあった。

「カードを的中させているときもあるようですね」

僕は室長に話しかけた。

しかし彼は、首をふる。

「これはコミュニケータの効果ではなく、彼のテレパス能力によるものかもしれない。それをこれから調べるんだ。たとえば基礎データと比べて正答率が上がっていれば、マシンの効果と見なしてもいい」

しばらくキーボードの操作を続けていた金井オペレータは、室長の方を向いて黙ったまま首を横にふった。普段の彼と、ほとんど変わりがないということらしい。

「これだけでも発表できるのでは？」と僕は言った。「テレパシーに関する画期的な実験データですよ」

「彼の能力をビュアが実証しているにすぎない」今度は粕渕研究員が首をふった。「マインド・コミュニケータがもたらすはずのプラスアルファは、ほとんど見えてきていない。我々の目的は、むしろそこにあるんです」

「じゃあ、意図的にテレパシーのレベルを下げてもらうとかすれば？　マシンの効果が見えやすくなるかもしれない」

「残念ながら、そういう制御が彼にはまだできないようですね」

次に室長は、送信側と受信側を交代して実験してみるよう指示を出した。

武藤のディスプレイは相変わらずイメージの洪水状態だったが、受信側にまわった堀尾主任のディスプレイは、ほぼフラットなままだった。当てずっぽうのようにESPカードがちらついている程度である。

　僕たちが期待していたようなデータは得られていない。

「主任には何も見えてないということですか？」

　僕がそうたずねると、室長は首をかしげた。

「あるいは、何も送られていないということかもしれない。今のところ武藤の送信能力は、受信能力に比べて低いことが分かっているからな」

「ブースターとしても使えないかもしれないなあ」倉戸技師が舌打ちをした。「すると次のステップの実験もうまくいくかどうか」

　神田医師が、彼の肩をたたく。

「徐々に訓練していけば？」

「そう、まだ始めたばかりじゃないか」室長がみんなに言った。「スタッフだけでやっていたころに比べれば、大きな前進だ。今日はこれぐらいにしておくとして、これからもっとデータを取っていこう……」

　実験終了後、僕は何とか桜蘭と話すきっかけをつかめないかと思いながら、彼女の様子をうかがっていた。

　彼女はそんな僕の気持ちにまったく気づくこともなく、武藤や仙道先生らと帰り支度《じたく》を始めている。このタイミングを逃すと、デートに誘うチャンスが今度いつめぐってくるかも分からないというのに。

　しかし突然誘っても、断られるのは明らかではないだろうか。彼女とコミュニケータの実験を手伝うようになって、話す機会が増えると思っていたが、このままでは彼女にどうアプローチすればよいかも分からないまま終わってしまうかもしれない。

そもそも僕みたいな人間を、気に入ってもらえるかどうか分からない。すでに空歩から僕の良からぬ頭の中身などについてメールか何かで報告を受け、十分注意するよう指導されているとも考えられるのだ。

それでも声をかけるとすれば、このタイミングしかない。僕は思いきって彼女に歩み寄った。「あの」桜蘭の後ろから、彼女にだけ聞こえるぐらいの声量で話しかける。「今度、映画でも見にいきませんか？」

彼女のきょとんとしたリアクションを目の当《ま》たり《あ》にした僕は、月並みな申し込みを後悔していた。しかし、ここでくじけるわけにはいかないのである。

「じゃあ、晩飯は？　おごりますよ」

またしても月並みな言葉しか出てこない。しかも「おごりますよ」は完全に余計だった……。

「ごめんなさい」彼女は、聞こえるか聞こえないかぐらいの小さな声で言った。「お気持ちはありがたいんですけど、私、人込みは苦手なの。とてもイライラするから」

「じゃあ人込みは避けるとして、他に行きたいところとか、好きなところは？」

「それなら、プールが好きかな」彼女が天井に目をやる。「水の中にいると、頭がクリアになるから」

水着姿の彼女を想像した僕は、鼻血が出そうになるのをこらえながら聞き返した。

「プールですか……？」

「仙道先生にすすめられて、最近、会員制ジムのプールに行くようになったの。でも行くときは一人って決めてるから、ご一緒できないかな。どこかへ行くなら、私なんかより空歩を誘ってあげたら？　きっと喜ぶと思うわ」

それはないだろうと、僕は思った。確かに空歩は、僕という手頃な玩具《おもちゃ》を与えられて喜ぶかもしれないが、僕がイライラするのだ。

「じゃあ、また……」

彼女の提案に答える代わりに、そう言うのが精一杯だった。

操作室を出ていく彼女の後ろ姿を見送った後、僕はしばらく一人で落ち込んでいた。

「まあ、気持ちは分からないでもない」室長が僕に声をかけた。「今の桜蘭は、解離性同一性障害によって理想化された方の女性らしいからな。彼女のことはスタッフの男連中も気になっているようだが、手を出しかねている」

「空歩がいるから、ですよね？」

室長は微笑みながら、僕の肩を軽くゆすった。

「そう焦るな。同じ職場にいるうちに、一緒に食事することもあれば、カラオケに行ったりすることもあるだろう。それでいい方向に転がり出すかもしれないじゃないか。コミュニケータの実験と同じで、まだまだこれからだ」

室長たちはその後、実験データの整理やミーティングがあるとのことで、僕は室長の許可を得て先に帰らせてもらうことにした。

自宅に着いた僕は、桜蘭に「今日はお疲れさま」というタイトルの短いメールを送っておいた。次の展開に向けた、せめてもの布石である。

いずれはＳＮＳなどを利用して、積極的に自己アピールしていきたいものである。身なりや服装にも気を使おう。体も少し鍛《きた》え直しておいた方がいいかもしれない……。

そんなことばかり考えていても仕方ないので、その日はもう寝ることにしたが、桜蘭のことを思うと胸が苦しくなって、なかなか眠れない。

せめて彼女の心が読めたら……、と僕は思った。心を読んで、彼女の好きなものをプレゼントすれば、きっと喜ばれる。そして僕は、彼女を両腕でしっかりと抱きしめ……。

次の瞬間、僕は両目を見開いた。

抱きしめた直後、空歩に変わってしまったら、どうしよう……。さっき送ったメールだって、空歩にのぞき見られて思いきり馬鹿にされるかもしれないのだ。

僕は頭から毛布をかぶり、体を丸めた。

やはり桜蘭のハートを射止めるなんてことは、一筋縄《ひとすじなわ》ではいかないようである。そんなことをぐずぐずと考えている間に、僕はいつの間にか眠ってしまっていた。

2

二日後、早朝出勤してきた僕やスタッフたちは、それぞれマインド・コミュニケータの実験準備を始めていた。

本人からのメールによると、今日の実光姉妹は空歩のキャラが出ているとのことで、実験は彼女と僕を被験者にして行われることに決まった。

というわけで、武藤は午後から来ることになっている。仮に空歩が桜蘭に変わったとしても、ナノマシンの注入後であるなら実験は予定通り桜蘭と僕の二人で継続される。

桜蘭が現れた場合、僕には別のプランもあった。何としても、次こそ彼女とデートの約束を取り交わすのだ。

そのとき、仙道先生と一緒に、空歩が操作室に入ってきた。いつも伏し目がちで入ってくる桜蘭とは対照的に、空歩はしっかりと正面を見据《みす》えている。

「おっ早うございま〜す」

スタッフたちに大きな声で挨拶した後、僕の方をちらりと見て含み笑いを浮かべた。

「よ、自爆テロ」彼女が、軽く片手を上げる。「こっちに突っ込むのだけは、勘弁してくれな」

返事に困った僕は、取りあえず「お早うございます」と言って、頭を下げた。

どうやら僕がこの前、桜蘭をデートに誘って断られたことを皮肉っているようだ。

空歩は僕の気持ちを見透かした上で馬鹿にしているみたいで、そんな奴《やつ》と一緒にいてもいい気はしない。空歩でなくずっと桜蘭でいてくれたら、どれだけ幸せなことかとつくづく思う。そういう僕の心境すら、彼女にはお見通しなのかもしれない。

筑紫室長が、空歩のそばにやってきた。

「よく来てくれた」彼は笑顔で、空歩を迎えた。「実験上は、テレパス能力に優《すぐ》れる君のキャラクターが出てくれていた方が、我々には好都合かもしれない」

「出るとか出ないとか、お化けじゃあるまいし」

彼女がそう言うと、室長は面白そうに笑った。

「もうちょっと待ってて」申し訳なさそうに、神田医師が僕たちに手を合わせた。「ナノマシンの到着待ちなの。何しろ量産どころか作り置きもできないから、一回一回手作りでしょ。粕渕君が烏丸医工に出向いて徹夜で仕上げてくれているんだけど、少し遅れるみたいなの」

空歩はうなずきながら、僕の隣に腰かけた。

「あ、そうそう」彼女が僕に言う。「この前桜蘭から、近況報告のメールが届いた」

案《あん》の定《じょう》だと、僕は思った。そのメールにきっと、先日の僕の撃沈のことも書かれてあったに違いない。

「それで？」と、僕はたずねた。

「あんたのアプローチ、まるで中学生以下だね」

「そんなに駄目《だめ》か？」

「まあ不屈の闘志は評価するけど、難攻不落の桜蘭城に、竹槍《たけやり》で向かってるようなもんじゃん」

僕を指さして、彼女が笑い出す。

桜蘭と同じ顔の空歩にそれを言われると、僕にとっては相当な打撃と言わざるを得ない。黙って頭をかかえている僕に、彼女の優しい声が聞こえた。

「そんなに落ち込まなくても、私《あたし》なら相談に乗ってやれないこともないけど……」

「本当か？」

僕は顔をあげた。

「たとえば、こんなのはどう？　あたしが桜蘭をいじめているところを、あんたが助けにくるというのは？　桜蘭なら、きっと喜ぶと思うよ。あんたのためなら一芝居だって打つし、敵役《かたきやく》を買って出てもいい」

なるほど……と言いかけた僕は、首をひねった。

「僕がお前と戦って負かすところを、どうやって桜蘭に見せるんだ？　お前と桜蘭は同時に出ないから、お前が桜蘭をいじめるという設定が成り立たないだろう」

空歩を見ると、面白そうに笑っている。どうやら、彼女の冗談だったらしい。

「そもそもお前に相談するのは、何かおかしい気がする」

僕がそう言うと、彼女は小刻《こきざ》みにうなずいた。

「それもそうだね。体が目的なら、あたしでもいいわけだしさ」

「いや、そういう意味じゃない」

僕は手をふって否定しながら、何を言い出すか分からない彼女に、やはり恋愛相談なんかしない方がいいと思っていた。

「誘い方はこっちで考えるから、せめて桜蘭のことをもう少し教えてもらえないか？　たとえば彼女の好きなものとかを聞かせてもらえるとありがたい」

「そんなの、聞かなくても分かるでしょ。あたしの好きなものと、反対のものに決まってる」

そのお座なりな答えを聞きながら、彼女には親身になって相談に応じるという気が、最初からなかったのではないかという気がしてきた。

空歩のペースにのせられてはいけないと思ったものの、次第に腹が立ってきた僕は、つい本音を出してしまった。

「そもそも僕と桜蘭にとって、お前の存在そのものが最大の障害かもしれない。はっきり言って、邪魔なんだ」

「邪魔者扱いされようが、これがあたしなんだから、仕方ないじゃん。あんたにつべこべ言われる筋合いはないね」

「相談に乗ると言いながら、さっきからいい加減なことばかり言いやがって……」

「そうじゃない。いろいろアイデアを出してやってるんじゃないか。思いついたままだから、そりゃあ玉石混淆《ぎょくせきこんこう》、いろいろだけど」

「何が玉石だ。軽石みたいなのばっかりじゃないか」

「桜蘭と付き合いたいなら、そうね……」彼女はいつになく、真面目《まじめ》な表情で考え込んだ。「いきなり一対一じゃなく、最初はグループ交際から始めてみるとか？」

「グループ交際？」

僕は聞き返した。

「たとえばスタッフの独身男性とか、ヒロミとかも誘ってやりなよ」

「ヒロミ……武藤のことか？」

「そうだ。彼がいいかもしれない。あんたとヒロミ、そして桜蘭とあたし。取りあえず、この四人で始めてみたら？」

そういう数え方をすると四人だが、実光姉妹が入ると変則的な三人になってしまうのではないかと僕は思った。

武藤は武藤で、なかなかに付き合いにくそうな奴である。下手《へた》すると、桜蘭を彼に奪われてしまうかもしれない。

僕を見て、空歩はまた馬鹿にしたような微笑みを浮かべている。ひょっとして、僕の気持ちをのぞき見しているのかもしれない。

そのとき、粕渕研究員が操作室に入ってきた。

「遅くなってすみません」

彼は小さな箱を取り出し、神田医師に手渡す。

「じゃあ、早速始めますか」と、彼女は言った。

医者は彼女一人なので、先に僕がナノマシン注射を受ける。

僕はこわごわ、「これ、血の巡りが悪くなったりしないですか？」と神田医師に聞いた。

「元々悪いでしょ」と答えながら、彼女が処置を済ませる。

次は空歩だった。彼女は右腕を差し出しながら、注射器から目をそらしている。

注射の後、僕は彼女にたずねた。

「お前でも注射が怖いのか？」

「違う」強がっているのか、彼女が答える。「人に触られたりするのが苦手なだけだ。そういうところだけは、桜蘭とも似てしまっている」

ナノマシンの注入を終えた僕たちは、並んでソファに腰かけた。このまま実験が行われる夕方まで、なるべく安静にするよう言われている。

暇《ひま》を持て余した僕は、空歩に話しかけた。

「お前と桜蘭は、まったく正反対というわけじゃないようだな」

「まあね。どっちも、か弱い女性だし、根っこに近いほど似ているところはあるかもしれない。でもその他はいろいろ違ってる。大体あいつは、じれったいんだよ。いじめられてもやられっ放しみたいだし、何事にも臆病だし、うとましく思えるときもある。そんなあいつが好きだという、あんたの気が知れないね」

彼女は僕を横目でにらんだ。

「実験には協力するけど、つながるのがあんたかと思うと、何だかぞっとする」

そう言うと彼女は目を閉じ、狸《たぬき》寝入りを始めた。

その日の午後は、モバイル・ビュアの納車があったために、スタッフたちはいつもよりあわただしそうだった。例の、マインド・ビュア一式をトラックに積み込んで移動可能にした実験設備だ。

　室長が操作室を出る前、僕に声をかけた。

「一緒に見に行かないか?」

「僕は、コミュニケータ実験に備えて安静にしておかなきゃいけないんじゃ……」

「トイレにも昼食にも歩いていくんだし、それぐらいは問題ないだろう。むしろ、君も見ておいた方がいい」

　というわけで、昼寝してしまった空歩を操作室に放っておいて、僕たちは一階の駐車場へ下りていった。

　すでに倉戸技師や金井オペレータたちが、チェックを始めているようだ。自動車メーカーの整備士や営業担当らしき人もいる。

　彼らが取り囲んでいる、一台のトラックに僕は注目した。前に写真で見たことはあったが、外見上はやはり保冷車に似ていると思った。

　後ろの扉が開いていたので、荷台をのぞいてみる。

　内部には椅子やディスプレイの他、無数の光ファイバーとつながった特徴的なヘッドギアがあった。確かに実験室とまったく同じビュアが、ワンセット搭載してある。実験室のビュアと違うのは、シートベルトが装備されていることぐらいだろうか。

「どんな按配《あんばい》だ?」

　室長が倉戸技師にたずねた。

「ええ、問題ないですね。今すぐにでも使えますよ」

彼は、室長と僕を荷台に案内した。

「壁は実験室同様、外部の電磁波をなるべく遮断《しゃだん》するようになっている。データはネット経由で操作室へ送るんだ」

実際にここに座ることになるかもしれない僕にも分かりやすいよう、倉戸技師が説明してくれる。

「電力はバッテリーから？」と、僕はたずねた。

「それだと長時間はきついんで、実験中はどこかに停車して、外部電源から供給してもらった方がいい」

このモバイルのメンテナンスも、倉戸技師が担当することになっている。

「キャンピングカーとしても使えそうだな」と、室長が言った。

「窓がないじゃないですか」僕は荷台の周囲を見回した。「キッチンもベッドもないし」

「しかし、椅子がある」

室長が、マインド・ビュアの肘当《ひじあ》てに手を乗せている。

「まさか室長、これでキャンプにでも行くつもりですか？」と、倉戸技師が聞いた。

「機会があればね」

そう言って、室長は愉快そうに笑っていた。

夕方、武藤もスタッフに加わって、僕と空歩を被験者にしたコミュニケータ実験が開始された。まず僕が送信側、空歩が受信側でスタートする。

さらに送受信の役割を交代して続けられた。

僕は、空歩が送っているはずのイメージを受け取ることに意識を集中していた。けれども前回と同じく、あらかじめ確認されている彼女や僕の能力以上の効果はみられないようだった。

しかも空歩が送ってきたかもしれないイメージには、何だかよく分からないものが混ざっていた。たとえばESPカードを使った実験では、米印かアスタリスクマークのようなパターンをどうにかこうにか受け取ったのだが、ESPカードにそんなものは含まれていなかったはずなのだ。

実験後、室長たちはディスプレイを見ながらデータの分析作業を始めていたが、僕と空歩はしばらく休憩することを許されていた。僕はソファに座っている彼女に聞いてみた。

「さっき、意識を集中してようやく見えたのが米印だったんだけど、お前そんなの送ったのか?」

「あああれ?」と、彼女は言う。「送った送った。豚のケツよ」

しばらく考えていた僕の頭に、一つのフレーズが浮かんできた。

「阿呆《あほ》が見る、豚のケツ……」

僕がそうつぶやいている間に、彼女はトイレにでも行くのか、操作室を出ていこうとしていた。

「おい、実験データのヒアリングが終わったら、晩飯でも食わないか?」僕は彼女を呼び止めた。「いろいろ話したいこともあるし」

空歩は眉間《みけん》に皺《しわ》を寄せた。

「え、豚のケツと?」

そんな言いぐさはないだろうと思いながら、僕は答えた。

「だからお前のアドバイスに従って、武藤も誘ってみる。それならいいだろう」

武藤は最初、一人で帰りたそうにしていたが、空歩が行くならＯＫという返事だった。

それから仙道先生のお許しを得て、三人で晩飯を食う話はようやく成立した。

「いくらねばっても、桜蘭になんかなってやらないからね」と言う空歩を連れて、駅前の居酒屋に入る。

武藤の希望で個室に案内してもらい、取りあえずビールで乾杯した。

そしていきなり、研究室や実験についてお互いの愚痴《ぐち》を言い合う。僕だけでなく、彼らも頭の中をのぞかれて、いい気はしていないようだった。

「それでも協力しているのは？」

僕が武藤にたずねると、彼はささやくような声で言った。

「自分がかかえてしまっている苦しみ故《ゆえ》かな」

空歩もうなずいていた。

「何とかして、この苦しみから救われたいのさ、ヒロミもあたしも。だからその役に立ちそうなことなら、何でもするってわけ」

僕は何気なく、「まあ、分からないでもないか」とつぶやいた。

「分かるもんか」と、武藤が言う。「社会と接していて辛《つら》いことをあげていけば、きりがない。それが死に対する恐怖感を呼び起こし、日々さいなまれ続けている」

「確かに死ぬのは怖いけどなあ」僕はビールに口をつけた。「死からは逃れることもできないし」

「唯一《ゆいいつ》、死の恐怖から逃れられそうな方法には気づいている」

「何だ?」

僕は武藤に聞いた。

「死ぬことさ」

そう言って、彼が微笑む。

「死んだら終わりじゃないのか?」と、僕はつぶやいた。

「そうかな……」

「そうじゃないと?」

「分からないけど、死後どこかに行かないとも限らないいんじゃないか? 天国なのか、草葉《くさば》の陰なのかは知らんが。いずれにせよ死の恐怖からは逃れられるだろう……。セラピーでは、仙道先生にそんなことばかり話している」

「それで先生は?」

「辛抱強く聞いてくれている」

僕は首をかしげた。

「あんまり考え過ぎるのも、かえって良くないんじゃないか?」

「あんたもだろ」空歩が口をはさんだ。「桜蘭のことばかり考えて、自分の首を絞《し》めてるくせに」

痛いところを突かれたという顔をしている僕に向かって、彼女が続ける。

「好きになるのは勝手だけど、いくら考えたって、あんたが好かれるとは限らないだろ。特に彼女にはね」

それは、僕がくだらない男だという意味に違いない。

ささやかな抵抗のつもりで、「どうして?」と僕はたずねた。

「分からない？　桜蘭にしろ、あたしにしろ、本質的に人を好きになれずにいるからさ。散々いじめられてきたからね、あたしたち」

なるほど、と僕は思った。彼女は男の側ではなく、実光姉妹の側の原因について語っていたようだった。

「世の中広いんだから、きっと優しい人だっている」と、僕は彼女に言った。「そのことが分かれば、桜蘭だって……」

「じゃあ、あたしは？　本当にあんたの頭ん中は、桜蘭のことばっかりなんだから」

空歩はつまらなそうに、枝豆をつまんでいる。

「言っとくけど、あたしにも優しくしろって意味じゃないからね。あたしが出ているときに、桜蘭のときみたいに言い寄ってこられても困るわけ。桜蘭とは、きっちり分けて接してもらわないと。何しろあたしたち、人格は二つでも、子宮は一つなんだから」

彼女は目線を下げてつぶやいた。

「でも、おっぱいは二つあるかな。右と左で役割分担するとか……」

「そういう問題じゃないだろ」

僕は思わず、彼女の左側の乳房を見つめていた。

彼女と話していると馬鹿にされているようで、いつもムカムカしてくる。

「だってあんた、あたしを酢豚のパイナップルぐらいにしか思ってないみたいだし」

僕の気持ちを読んだかのように、彼女が言う。

「酢豚のパイナップル？」

「パセリでも同じ。ほら、豚肉が食べたいのに、何でか付いてくるじゃない」

「それを言うなら『刺身のつま』じゃないのか」

「そうとも言う。どっちにしろ、もう分かってると思うけど、桜蘭のためにあたしが消えるのは嫌だからね。少なくとも、復讐《ふくしゆう》するまでは」

「復讐?」と、僕は聞いた。

空歩は返事をしなかったが、代わりに武藤が答えた。

「自分たちをいじめた連中や社会に対して、だろ?」

空歩は大きくうなずいていた。

「桜蘭ばっかりひいきにするなら、あたしにも考えがあるからね。大体あいつ、色気付いたのか、最近チャラチャラしてどうも気に入らない。マニキュアとか化粧とか、入れ替わったときにいちいち直さないといけないから、面倒で仕方ないし。あっちがいなくなればいいのにと思っているのは、あたしだって同じなんだよ。姉妹喧嘩《げんか》でもすればすっきりするんだけど、あたしたち、それもできないしね」

「メールではやりとりしているって、言ってたじゃないか」

すると彼女は何の脈絡もなく「やだ、そんなんじゃない」と大きな声を出し、武藤の肩をたたいた。

それから空歩と武藤は、見つめ合ったまま何も言わず、微笑み合っている。

二人がどんな意思疎通《そつう》をしているのか、僕にはまったく読み取れなかったが、心が通い合っているらしいことだけは何となく分かった。

「すまんな、置いてきぼりにして」武藤は僕に謝った。「君も知っているように、僕にはいろんな人の思考が飛び込んでくる。けれども空歩のようなテレパシストといると、相手の能力が、そうした雑念を弱めてくれるようなんだ」

「そうなのか？」と、僕は聞いた。

「ああ。実験で彼女といる機会が増えて、時々そんな安定感をおぼえるようになった。それが今晩、君の誘いに応じた理由でもある。その代わりというか……。雑念を追い払うために、お互いのことを思うようになる傾向にはあるのかもしれない。また、しゃべって分かり合おうとするのが、面倒くさいときもある」

また二人が顔を見合わせて微笑んでいるのを見て、僕は焦りにも似た感情をおぼえていた。僕が桜蘭にバレバレの片思いをしている間に、武藤と空歩の方が一足先にいい仲になってしまうかもしれないのだ。

この四角関係は、実にヤバい。言うまでもなく、桜蘭と空歩の体は一つしかない。それを、僕と武藤で奪い合うことになりかねないのである。冗談抜きで、桜蘭の心まで彼に奪われてしまうという事態だって起こり得るのだ。

こうなったら、空歩が引っ込んでいるときを狙《ねら》って、桜蘭に猛アタックするしかない。そしてその後は……。

空歩は、そんな僕を見て笑っていた。

「『捕らぬタヌキの皮算用』でもしてるわけ？」

またしても、僕の気持ちを先読みしたかのように彼女が言う。

「そう心配するな」武藤が片手をふっていた。「俺と空歩なら、お互いの腹の中まで見通し合っていて、うまくいくわけがない」

「その通り。あり得ない」と空歩が言う。「だからホテルになんか、行ってやらないよ」

彼女は急に顔を伏せたかと思うと、上目《うわめ》づかいで恥ずかしそうに僕を見つめた。

「でも、蓮士君となら……」

え？　と思いながら、僕は目を瞬《しばたた》かせた。

彼女は何故《なぜ》か、僕を名字ではなく、下の名前で呼んだ。ひょっとして、桜蘭に変わったのでは
……？

戸惑《とまど》っている僕の頭を勢いよくたたき、「やっぱり行ってなんかやるもんか」と言って彼女は大笑いしていた。

「そんなふうに言われたいんだろうが、残念でした」

今度は、僕が彼女に拳《こぶし》をふり上げる。

「くそ、人を馬鹿にしやがって」

僕の攻撃を軽くかわしながら、彼女が言った。

「あたしに歯向かうと、あとが怖いよ。何しろあんたの秘密を、全部桜蘭にバラすかもしれないんだから」

くやしそうにしている僕の顔を見て、空歩だけでなく武藤も笑っていた……。


適当に食って飲んだ後、僕は彼らと別れ、アパートへ帰ってきた。嫌な思いもしたが、今日は彼らとあれこれ話ができてよかったような気がする。

それにしても、やはりあの空歩が今後無茶《むちゃ》をやらかさないかどうか、心配になってくる。桜蘭と同じ体の空歩からあんなふうに茶々を入れられ続けたら、僕のイライラはつのるばかりなのだ。口でこそ「あり得ない」と言ってはいたが、もしも空歩と武藤が恋愛関係に発展するような

ことにでもなれば、桜蘭を好きな僕はどうすればいいのだろう……。

空歩の言いぐさではないが、そんなことばかり考えていても仕方ないので、僕は毛布をかぶって寝ることにする。

その日の晩は、妙な夢を見た。僕が見るのは悪夢がほとんどで、その夢も始めはそんな感じだった。

僕がコンビニでバイトをしていると、客が大量に押しかけてきてレジを切り盛りできなくなり、とうとう逃げ出してしまうのだ。

ようやくたどりついた広い部屋で、僕はどういうわけか、もう子供でもないのに小さな玩具を大きな箱の上に並べ始める。さらに小さなスコップで砂山を盛り、川や道路を作っている。自分の想像上の風景を、完成させようとしているようだ。

ミニチュアの車や人形を動かしているうちに、僕はいつの間にか、その街の片隅にたたずみ、元に戻れなくなっていたのだった……。

夢は大体、忘れてしまうことが多いのだが、目を覚ました僕は、しばらくして昨夜の夢を思い出した。

多少脚色はあるものの、コンビニでバイトしたことがある僕にとって、列をなす客に恐怖するというのはほとんど実体験で、夢でも何でもない。また玩具などで街を作ろうとしているのはひょっとして、桜蘭との新生活を夢見ている僕の願望が強く影響していたのかもしれない……。

しかし僕は夢判断にはそれほど詳しくないので、それ以上のことは自分でもよく分からなかった。

3

その週末のコミュニケータ実験は、テストを兼ねて納車されたばかりのモバイルを使って行われた。モバイル側のビュアには武藤が座り、堀尾主任や倉戸技師らがサポートに入る。いつもの実験室のビュアには、筑紫室長自らが座ると名乗り出た。

スタッフたちは夕方の実験開始に向けて、着々と準備を進めている。

僕はというと、待望の桜蘭が来てくれたことで、朝から舞い上がっていた。僕と桜蘭は、操作室で実験のサポートにまわる。

頼むから今日は一日中桜蘭のままでいてくれと願いながら、僕は彼女に見とれていた。同じルックスのはずなのに、空歩とは顔を合わせるのも嫌だが、桜蘭はいつまで見ていても見飽《みあ》きないのだから、恋というのは不思議なものだと思う。

滞《とどこお》りなく、夕方から実験が始められた。モバイルそのものに大きな問題はないようだった。ただしマインド・コミュニケータの成果は、やはり特に何も得られないまま終了した。

しかし今日の僕の勝負は、まだまだこれからなのだ。桜蘭を晩飯に誘おうとした僕は、仙道先生に呼び止められた。

「よかったら今晩、一緒に食事しないか」

それはまったく、僕が桜蘭に言おうとしていたことである。

「おごるよ」微笑みながら彼は続けた。「君に相談したいことがあるんでね」

どうしようかと僕が考えているうちに、桜蘭は武藤と一緒に先に帰っていった。迷う必要がな

くなった僕は、仕方なく仙道先生についていく。

彼は、繁華街の一角にあるフレンチレストランに僕を案内した。できることなら桜蘭と二人できてみたかったお洒落《しやれ》な店である。僕にはお金がないし、現実には無理な望みかもしれないが。

ワインで乾杯した後、世間話に続いて仙道先生が用件を話し始めた。

「実は、次のコミュニケータ実験で、私が被験者役を務めることに決まってね……」

なるほど、と僕は思った。

相手役は空歩か武藤のどちらかだろうが、実験前に経験者である僕から、アドバイスをもらえないかというのだ。

それぐらい、お安いご用である。僕は、自分の経験を彼に話して聞かせた。

「身構える必要はないと思いますよ。ビュアに座ってしまえばもう、まな板の上の鯉《こい》ですから。むしろ問題は、コミュニケータの方でしょうね。今のところ成果が出てないようですし。イメージの送受信に、積極的に精神を集中するといいんじゃないですか？」

僕の話に時折うなずいていた彼は、「ありがとう。参考にするよ」と言った。

本当に参考になったかどうかは分からないが、感謝してもらえたようだ。

「僕の方からも、少しいいですか？」

僕は前菜《オードブル》を口に運びながら、彼にたずねた。

「何だね？」

一瞬迷ったが、やはり聞いてみることにした。

「実光姉妹のことなんですが……。彼女たちの治療は、今どんな状況なんでしょう？」

やはりそのことかという表情で、彼は答えてくれた。

「残念ながら、あまり進展はない。セラピーではストレスを緩和《かんわ》しながら、原因の究明とその除去を地道に行っているところだ」

「桜蘭か空歩か、どちらかの人格が消える兆候《ちょうこう》はないんですね？」

「ああ。共生関係が続いている」

「空歩の横暴でぞんざいな態度を見ていると、あのままずっと続けていけるとは僕にはとても思えない。空歩には破壊願望もあるみたいだし、共生関係は近々破綻《はたん》するのでは？」

「それで桜蘭が残るのではないかと、君は予想しているのか？」

僕は返事に躊躇《ちゅうちょ》した。

「予想というか、元々彼女は桜蘭だったんだし、そうなればいいなとは思っています」

「実際はそれほど単純ではないだろう。共生関係が破綻するとして、そのときその事実をしっかり受け止めるだけのキャパシティが桜蘭に備わっていなければ、彼女自身もまたつぶれてしまうかもしれない」

「え、桜蘭もですか？」

パンをちぎりかけた僕の手が止まる。

「桜蘭だって、不自然なキャラクターだと思わないか？　君は大いに気に入っているのかもしれないが、家庭や学校など社会環境から求められた末の、ある意味理想的な女性キャラクターだといえる。けど、そんな理想が実在しているのもおかしいだろう」

しばらく考えた後、僕はゆっくりとうなずいた。

「いい子であることを強《し》いられた桜蘭が閉じ込めていたもう一人の自分――それが空歩だと？」

「お淑《しと》やかな桜蘭、野放図《のほうず》な空歩。今の実光姉妹は、コミュニケータ実験に用いられる量子状態のように不安定だ。しかしこの社会の厳しさからすると、壊れるキャラクターは……」

僕は唾《つば》を呑《の》み込んだ。

「むしろ桜蘭の方？」

「あるいは、両方かもしれない。その際にはおそらく、第三、第四のキャラクターが現れるだろう。人格が一つに絞られるとして、それが不安定な桜蘭でも空歩でもない可能性は、十分考えられる」

もしそうなってしまった場合、今までのことを覚えていないかもしれない。もちろん、僕のことも……。

メインディッシュに手をつけながら、仙道先生が言った。

「もっとも、セラピーを根気よく続け、桜蘭と空歩が積極的に社会とかかわることで成長していけば、君が望むように人格が元の桜蘭に統一されていく可能性も、決してないわけではないがね」

「姉妹の成長が、一つの鍵《かぎ》ということですね……」

僕がつぶやくのを見て、彼は大きくうなずいていた。

けれども仙道先生とそんな話をしていると、せっかくのご馳走《ちそう》も食べた気はしなかった。


翌週の月曜日に行われた実験で、予定通り仙道先生が被験者になった。相手役は結局、空歩のキャラクターが出ていたので彼女に決まる。モバイルには彼女が乗り込んだ。

実験は順調に、と言うか、相変わらずコミュニケータの成果らしい現象は見られないまま終了する。

それから僕は、武藤や空歩とともに前回同様、居酒屋にしけこんだ。

「人間、こうまでしないと分かり合えないものなのか?」乾杯の後、研究室や実験のことが話題にのぼると、僕は思わずそうつぶやいた。「だとすれば、何と孤独な生き物なんだ」

「そうとも限らないんじゃないの?」と、空歩が言う。「テレパシーがなくても、普段の会話やアイコンタクト、スキンシップとかで分かり合える場合はあるじゃん」彼女は、僕を横目で見た。「ま、そうはいかない場合もあるけど」

武藤がゆっくりと首をふっている。

「そもそも分かり合えることなんて、ないんじゃないのか?」彼は、意外そうな表情を浮かべている空歩に向かって続けた。「友情とか愛情とか、そういうチャラチャラしていて裏切りが横行するようなレベルの話じゃない。もっと深いレベルでの話さ。頭の中が見透かせたとして、一体その人の何が分かるというんだ。むしろテレパシーでさえも、分かり合うことはないと思えてならない。だって見えてくるのは、排他的な自我でしかないんだから」

「それは、君自身がそうだからじゃないのか?」僕は割り箸《わばし》の先を、武藤に向けた。「君の心の有り様をもっと融和《ゆうわ》的にもっていけたら、まわりも違って見えるかもしれない」

「そうかな」と、彼がつぶやく。「研究室のスタッフだって、みんな研究のことで頭が一杯で、俺たちのことなんて二の次だ。もっと言えば、彼らは自分たちの社会的地位を守ることに必死で、とても信用できない」

「ひょっとして、彼らの心を読んだのか?」僕は彼に聞いた。「それだって、社会的地位のある研究者たちへの妬《ねた》みが、君の中にあるとはいえないのか?」

そのとき空歩が突然、僕を指さして大声で笑い出した。

僕はムッとしながら、彼女に抗議した。

「人の頭の中をのぞき見て、いきなり笑うな」

「だってあんた、親身になってヒロミの話を聞いているのかと思ったら、やっぱり桜蘭のことしか考えてないいんだもん、可笑《おか》しくって」

さんざん笑った後、彼女がつけ足した。

「言っとくけど、いくら惚《ほ》れてても脈はないからね」

「その顔で言われるのが、一番ツラい」

僕は生ビールを飲み干し、おかわりを注文した。

「相手が桜蘭なら、それも仕方ないよ。彼女だって、レンの気持ちに気づいていないわけじゃない。けれども彼女は、すべての人を怖がっている。いくらモテても、彼女がその気になることはないわけ。彼女、ときどきあたしに『誰にも会いたくない』なんてメールをよこすんだよ。それで仕方なく、あたしが代わりに精一杯、あんたのお相手をしてやってるんじゃないか」

「つまり、レンに限らないということだろ?」と、武藤が言ってくれた。

空歩も武藤もいつの間にか、僕のことを〝レン〟と、下の名前を短くして呼ぶようになっていた。

「それはどうかな」空歩が僕を見て首をひねる。「この男、腹に一物《いちもつ》ないわけじゃないからね。ピュアにもたびたび、映っているし」

それを言われると、自分を弁護することは僕にもできなかった。

「やっぱり駄目か……」

僕はガックリと肩を落とした。

「だから、あたしで手を打っておけば？」

何故か勝ち誇ったかのように、彼女が言う。

「僕を馬鹿にしているくせに」酒の勢いもあって、僕は彼女に言い返した。「お前、頼むから僕の桜蘭から出ていってくれないか？」

「何言うの？　これはあたしの体だよ」

彼女は左胸を自分の右手で押さえた。

「お前ら姉妹、一体どうなってるんだ」僕は後ろの壁にもたれかかった。「一つにまとまろうという気はないのか？」

ポテトスティックをつまみながら、空歩がつぶやくように言う。

「桜蘭は引っ込み思案なのにモテている。あたしは自由気ままに生きて嫌われている……。お互い、あんなふうに生きられたらという羨望《せんぼう》や妬みはあるんだ。何とか自分を変えていきたいという、思いもある。でも……」

「でも、何だ？」

僕がそうたずねると、彼女は首をふった。

「桜蘭もあたしも、こういう生き方しかできないんだよ。やっぱり、あたしはあたしでいたい。あんたが嫌いなあたしの性分《しようぶん》だって、あたしのせいばかりじゃないし、あたしがどうこうできるものでもないんだもん」

「どういうことだ？」

「室長や仙道先生から聞いたんじゃないの？」

そう言われて、彼女の家庭環境や学校でのいじめのことに気がついた。それらが今の実光姉妹を生み出した一因かもしれない。だとすれば確かに、彼女のせいばかりとは言えないようである。空歩の意地悪な性格にしても、過去に受けたストレスを、周囲に発散するよう形成されていったとも考えられるのだ。

「桜蘭だって、自分は自分でいたいと思っているはず」と、彼女が言う。「でも、椅子は一つしかない」

「まさかお前、桜蘭を追い出す気じゃ……」

「その気がないと言えば、嘘《うそ》になる」

薄ら笑いを浮かべる彼女を見て、僕の酔いが醒《さ》めた。

「あんたも知ってるでしょ。あたしたち、下手にもう一人の自分を追い出そうとすると、二人とも消えて第三、第四の人格になってしまうかもしれないってこと。それはあたしも望んでないわけ」

だから彼女も、仙道先生による治療を根気強く受けているのだろう。

彼女の話を聞きながら、僕は軽くうなずくことしかできなかった。

二日後のコミュニケータ実験では、僕と武藤が被験者役になった。

実験を終えた後、僕はいつものように、二人を晩飯に誘った。いつもと違うのは、武藤が一緒とはいえ、ようやく桜蘭とお食事ができることだった。そう、今日は空歩ではなく、桜蘭が来てくれていたのだ。

彼女とはいろんな話がしたかったが、大体人が集まると、その場にいない人間の話になるものである。居酒屋で乾杯してからの話題も、自然と空歩のことに移っていった。

さんざん悪口を言った後、「どうして空歩は、あんなにひねくれてるんだろうな」と僕はつぶやいた。

「みんなは苦手かもしれないけど、私は空歩に感謝しているのよ」と、桜蘭は言う。「いじめられていた私を、助けてくれたことがあるらしいし。もっとも私は覚えてないんだけど」

彼女は可愛《かわい》らしく舌を出した。

「それにしたって、空歩と付き合うのは大変だろう」

僕がそう言うと、彼女は黙ったまま、首をかしげている。

「多面性は、誰にでもある」武藤が自分を指さした。「俺だって、別人格が心の中に隠れている。桜蘭は環境のせいもあって、たまたまそれが分かれたにすぎない」

「私、こんなふうに、何もかも人前にさらすのは辛くて……」彼女は顔を伏せてつぶやいた。

「早く一人になって、他の女の子みたいに生きてみたいって思う」

僕は彼女に聞いてみた。

「仙道先生は、君が今より成長しないことには、一人になったときに君自身が持ちこたえられないかもしれないと……。場合によっては、他のキャラクターに統合されるかもしれないと……」

彼女は大きくうなずいている。

「人格が一つになるとしても、自分は消えたくない。それは空歩もきっと同じだと思う。そのことを考え出すと、どうすればいいか分からなくなるの」

彼女はテーブルに肘をつき、頭をかかえた。

「おい、大丈夫か？」

僕がたずねると、彼女は無理に微笑んだ。

「ええ、ありがとう」

そう言う彼女の顔色は、あまりよくないように見える。

もし自分が彼女のような多重人格なら、正気を保っていることもできないかもしれないと僕は思った。

「桜蘭に限らないさ」ビールを飲み干し、武藤が言う。「ここにいる俺だって、レンだって、自分をどうしていいか分からずにいることには変わりないんだ。何もせずに生きているわけにもいかないし、何かをすると、とかく人を傷つけたり、怒らせたりしてしまう。本当に自分という存在は、悩ましい」

「特に桜蘭と空歩は大変だろうな」僕もビールに口をつけた。「一つの体のなかに、自分について思い悩む人間が、少なくとも二人存在しているんだから。その点ですでに『自分とは何か』を、根底から揺さぶっている」

「環境が違っていれば、こうはなっていなかったかも」と、桜蘭が言う。

「それは俺も同じだ」武藤がうなずいていた。「特に子供のころのいじめは、陰湿で容赦《ようしゃ》なかったからな。自分について悩まないわけにはいかなかった」

武藤が語り出したとき、僕は彼に仲間意識のようなものを感じていた。

彼も苦しみ、悩んでいるのだ。

「俺の場合、自分はどこか人と違っているという違和感が付きまとっている」と、彼が言う。

「もちろん、私もよ」

桜蘭が苦笑いを浮かべていた。

「その違和感なら少なからず、僕も感じている」僕は軽くうなずいた。「未熟ながら、僕にもテレパシーの能力があるらしいし……」

「テレパシストなんかにならない方がいいぜ」武藤がゆっくりと首をふる。「他人の感情や思考が、自分の中に飛び込んでくるんだぞ。耳鳴りや頭痛を伴《ともな》いながらな。まだうまく制御できないから、余計に厄介《やっかい》だ。俺こそ、気が狂ったとしても不思議じゃなかった。とてもじゃないが、普通の人生なんてあり得ない」

僕はなぐさめるつもりで、彼に声をかけた。

「そんなことはないだろう」

「けど、見なくてもいい人間の心の裏側が見えるんだ。人の表も裏も見透かして、それで人を好きになれるわけがないだろう。よほど意志が強くないと、人格が壊れるかもしれない。残念ながら、俺の意志はそれほど強くないんでね……。実際、すでに死んでいた可能性もあった」

SFアニメなんかで〝テレパシー〟と聞くと、単純に興味やあこがれを感じてしまうが、彼はむしろその副作用のせいで、社会生活を営《いとな》むことが困難になっているのだ。

「この社会は、秘密によって成立している部分もある」と、彼が言う。「その均衡《きんこう》を壊してしまうような能力をどうして得たいと思うのか、俺には理解できないね」

僕は彼にたずねた。

「だったら、どうして実験に協力してるんだ?」

「言わなかったか? 能力を何とか制御したいからだ。うまく制御さえできれば、自分や自分を取り巻く人間関係を壊さずにすむかもしれない。もっとも制御できるまでに、こっちが壊れなければ、だけど……」

もし制御できなければ、彼は本当に死ぬしかなくなるかもしれないと僕は思った。

そんな僕の心を読んだかのように、彼がつぶやく。

「人間、死ぬとどうなるのかな？」

僕はゆっくりと首をふった。

「そんなこと、誰にも分からないだろ？」

「けど、『〝あの世〟へ行く』と言う人もいれば、『死んだら〝無〟になる』と言う人もいるじゃないか。自分が後腐《あとくさ》れもなく何もかも消えてなくなるのなら、俺にとっては願ったりかなったりなんだが……」

そんな彼のせいもあって、その後、桜蘭とはあまり話ができなかった。それが心残りではあったが、武藤がもうそろそろ帰ると言うので、僕たちは居酒屋を出た。

アパートに帰ってベッドにもぐり込んでからも、何故か武藤のことが僕の頭から離れなかった。テレパシストとしての能力は別としても、彼が語っていた、自分はどこか人と違っているという違和感については、共感できる面があったからだろう。

この社会で生きていくには、協調性に乏《とぼ》しく、生活力もない。こんな僕が、これからどうやって生きていけばいいのかと思ってしまうのだ。

かといって、いくら考えてもどうしていいか分からない。桜蘭のことをぼんやり考えている場合ではないのかもしれない。

4

その週末は、十月最後の出勤日でもあった。室長が一つの節目としている国際シンポジウムまで、もう六日しかない。

コミュニケータ実験の終了後に、みんなでミーティングをしたいと室長が言い出し、僕たちは操作室中央の会議机に集まった。実験はお休みだった武藤にもお呼びがかかる。

今日の実光姉妹は、空歩の方だった。何故か彼女は、僕が嫌うほど出てくるように思えてならない。

「よ、一方通行」と言いながら、彼女は僕の隣に腰かけた。

スタッフらが着席したのを確認し、室長が話し始める。

「今さら言うまでもないが、マインド・コミュニケータの実験は難航している。当初の計画に従い、一人のテレパシストを交えてマンツーマンから実験を開始したものの、そこでいきなりつまずいている始末だ。テレパシストの能力はピュアによって確認できるが、肝心《かんじん》のコミュニケータの効果は実証できないんだ。いくら何でも、そろそろシンポジウムで発表する内容をまとめておかないといけないんだが、君たちの意見を聞いておきたいと思って集まってもらった」

倉戸技師が、まず発言した。

「ここまでやってきたんだし、今後のためにも何らかの形で発表はしたいですよね。今のやり方で成果が出ないんなら、トレーサーの投与量を増やしてみるとか?」

堀尾主任が首をふる。

「むやみに増量すれば、脳に何らかのダメージを与えるかもしれない。特にテレパシストに対しては、マシンの機能が現れ過ぎた場合を想定して、セーブしておくべきね。脳に飛び込んでくるイメージが極端に多くなると、オーバーフローを起こしてしまうでしょう」

「すると、どうなるんですか?」

僕は、堀尾主任にたずねてみた。

「自分を見失い、正気でいられなくなるかもしれない」と、彼女が答える。

首をかしげながら、金井オペレータが言った。

「パワーより、同期の問題かもしれない。量子からみ合いの関係にあるトレーサーが、被験者二人の脳内でそれぞれ同じ機能の場所に定着できず、同期にズレが生じているのではないかということ」

「対策は？」と、室長が聞いた。

「コミュニケータの改良が最優先の課題ですけど、両者のコンディションを整えて、呼吸ペースや脈拍などに、より注意を払うべきでは？」

「いや、同期はしているはずだ」と、粕渕研究員が答える。「最も懸念《けねん》されていた問題だし、慎重に取り組んできたつもりだ。事前に行った陽電子放射断層撮影《PET》による追跡調査でも、同期の感触は得ている」

「二人の被験者間で、何か血液型のような相性があるのかもしれないね」

仙道先生がそうつぶやくと、堀尾主任が首をひねっていた。

「血液型は、大きな要因ではないはずだけど……」

空歩が急に笑い声をあげた。

「ビュアの映像が正確かどうかも疑問じゃないの？　コミュニケータが機能していたとしても、ビュアにストックしてあるテンプレートにないパターンだって、あるのかもしれないし」

「確かにビュア自体、開発中のイメージング装置ですけど……」金井オペレータは顔を伏せた。

「試行回数を増やして、様子を見るしかないかもしれませんね」

「成果を焦って実験のペースを今以上に上げたりするのは、被験者のためにもよくない」と、神田医師が言う。「コミュニケータは基本的に無害と考えられるけど、過度に使用すると何らかの副作用が出てくるおそれがある」

僕は神田医師の話にうなずいていた。

自分の経験で言えば、副作用というほどではないにせよ、理由のはっきりしない胸騒ぎのような感覚をおぼえたことは何度かあった。それが実験の影響だったかどうかすらはっきりしないのだが、頭の中をいじり回されるのが決して愉快なことだと言えないのは確かだった。

「そもそも脳機能は、脳だけじゃなく、全身にもあると考えられている」武藤がつぶやくような声で話し始めた。「たとえば心臓とか。とすると、視覚野などがある脳以外でも、視覚情報を感じているという仮説が成立し得る」

「何が言いたいんだ?」と、僕は聞いた。

「テレパシーのメカニズムは、脳だけを調べても分からないのかもしれないということだ」

倉戸技師がため息をもらす。

「それを言い出すと、根本的にコミュニケータのシステムを見直さないといけないことになる。けど、今のシステムを構築して実験するだけで、研究費は使い切っているんだろ?」

「しかも、マインド・ビュアの研究を隠《かく》れ蓑《みの》にしてね」と、神田医師が微笑んだ。「国の予算で超能力の研究をしていたなんてバレたら、えらいことよ」

室長が、眉間に皺を寄せている。

「今のまま、だらだらと続けるわけにもいかない。何らかの対策を講じる必要があるのは確かだ」

僕は、ひらめいたことを口にした。

「今の実験システムを変えるのが難しいのなら、被験者におけるテレパシストの数を増やすというのは？　より多彩な結果が得られるかもしれないじゃないですか」

室長がゆっくりと首をふる。

「ビュアの実験を通じて、安定感のある他のテレパシストを継続して探してはいるが、なかなか見つからないんだ。当面はやはり、実光姉妹と武藤君、それから君に協力してもらうしかない」

「そもそも誰がテレパシストかを的確に判別できるほど、私たちはそうした能力について理解しているとは言えない」と、堀尾主任がつぶやく。

「僕たち三人――桜蘭も入れるとすれば四人は見つけたわけでしょ？　少なくとも空歩や武藤君にはテレパシーが……」

僕がそう言うと、主任は首をかしげた。

「ビュアに表れるような、電磁気学的な現象についてのみならね。けどそれ以上は、私たちにもよく分からない」

「それ以上？」

「たとえば、鳥などは親から教えられなくても、巣作りをする。つまりそれは、後天的な教育によるものではないわけ。まるでテレパシーか何かで、そうした知恵を授《さず》かったように見えなくもない。DNAに組み込まれていると考えればいいようなものだけど、社会的行動の何もかもをDNAで説明しようとするのには、やはり無理がある」

「電磁気学で得られる情報だけでないとすれば、やはり量子情報？」と、僕はたずねた。

彼女が小刻みにうなずく。

「電磁波などと違って、まったく私たちには計り知れない領域ではあるものの、量子情報は現在のみならず、過去の経験や知識ともつながっているのかもしれない。いきなり前世や来世の話をすると奇妙に思われるかもしれないけど、量子情報は光速に支配されないし、その可能性がまったくないわけじゃないからね。

本人にも気づけないところで、私たちは量子の機能によって他の生命やそれらの記憶とつながっているのかもしれない。けれども、量子世界で何らかの情報交換があったとしても、人間にはまだそこまで読み切れないわけ。その手段さえ持ち合わせていない」

「先祖の霊でも呼び出すつもり？」空歩がふざけた調子で言う。「それならテレパシストじゃなく、降霊術師《シャーマン》でも呼んできた方がいいんじゃないの？」

「テレパシストを的確に判別できるほど、そのメカニズムを解明しているわけじゃないと言っているだけよ」堀尾主任が、幾分《いくぶん》ムッとして答えた。「だからピュアによる解析以外に、テレパシストを見分ける効果的な方法は思いつかない」

「やはり、今のやり方で続けるしかないようだな」

室長がみんなを見て言った。

「でもあたし、実験が成功するのも怖い」

空歩がそうつぶやくと、スタッフたちは彼女に注目した。

「別に議論を混ぜ返そうと思って言ってるんじゃないよ」彼女が片手をふる。「コミュニケータは、使い方によっては自分の胸の内がすべて筒抜けになる。すると異性との関係にしろ、学校や会社における友人や同僚との関係にしろ、多くの人間関係が成立しなくなるかもしれないじゃん。あたしやヒロミが置かれている状況は、その証拠と言える。とにかく人の心の中が読めるというのは、大変なことだと思うよ」

「同時に、制御することも学ばねばならないわけだ」と、室長が言った。「まさに君たちは、それを学ぼうとしている」

「あたしが成功を恐れる理由は、もう一つある」彼女は人さし指を立てた。「言うまでもなく、ここで行われているのは科学的な実験でしょ？」

みんながうなずくのを見て、彼女は続けた。

「つまりもし、実験が成功するとすれば、それは人間の意識や感情が、ただの物理現象だと証明することと同じではないかと……」

しばらく考えていた様子の筑紫室長が、落ち着いて話し始めた。

「デカルトの心身二元論については、君にも前に言わなかったか？」

空歩がうなずくのを見て、彼が微笑む。

「私の目的は、何だと思う？　脳機能の研究を重ねて認められることか？　心の可視化か？　もちろんその通りなんだが、私の真の目的は、他にある」

「他に？」と、彼女は聞き返した。

「ああ。君だって、自分の中に二つの人格があるんだから、感じることはあるだろう。人間は不思議な存在だとな。愛し合ったかと思えば、すぐに争ったり……。こんな不思議な存在はないとさえ思える。

その中心にあるのは、人の心だ。私は脳の研究をしてはいるが、本当に知りたいのは心なんだ。脳は、心の在り処《ありか》と考えられている。だから私は脳の研究を通して、心というものの謎を、少しでも解明したい。ひいては人間とは何か、自分とは何かを知りたいと思っている」

「自分とは、何か……」

彼女はポツリとつぶやいた。

「ああ。自分の拠点も、脳内にあると考えられているからな。おかしいだろ？　人間は自分が自分であるということすら、どういうことか分かっていないんだ。脳を研究すれば、自分についてもいくらかは分かるかもしれない。そして自分を苦しめるもの、あるいは自分を救い得るものの正体なども見極《みきわ》めていきたい」

空歩は妙な横槍《よこやり》を入れたりすることもなく、室長の話を聞いていた。

室長が壁の時計に目をやる。

「さて、時間がない。当面の進め方について、確認しておこう。国際シンポジウムでの私の講演は、初日の十一月六日に予定されている。ビュアの成果については、砂田所長のご意向もあるし、その場でまとめて初報告することにしよう。ただしコミュニケータの発表は、今回は見送る。けれども引き続きみんなには、コミュニケータに改良の余地がないかどうか検討しながら、実験を進めてほしい。以上だ」


ミーティングの終了後、僕は空歩と武藤をまた晩飯に誘ってみた。けれども二人とも、今日はもう遅いので帰ると言って、仙道先生と一緒に先に操作室を出ていった。

桜蘭に断られていたらもっとショックだっただろうが、空歩だとむしろ内心、ホッとしていた。最近空歩を見ると、こいつさえいなくなってくれたらと思うことがある。

あの姉妹、単純に考えれば、どちらかの人格が「自分は死んだ」と思い込めばそっちの方はもう現れなくなり、一つの人格が残ることになる。つまり桜蘭を救うためには、空歩に自分は死んだと思い込ませればいいわけである。

実際は、それほど単純に事は進まないだろう。気をつけないと、空歩に対する殺意を彼女に悟《さと》られ、こっちが命を落とすことになりかねないのだ。

そんな悪巧《わるだく》みの報《むく》いというわけでもないだろうが、その日の夜は、ローンで買ったばかりの新車を盗《と》られて捜《さが》し回る夢を見た。室長が代わりに自分の車を貸してくれて、桜蘭も一緒に捜してくれるのだが、彼女とは途中ではぐれてしまい、僕は一人、暗闇で途方にくれるしかなかった……。

目を覚ました僕は寝汗をふきながら、見たばかりの夢が、何か僕と彼女の将来を暗示していたのではないかと感じていた。

5

翌週の国際シンポジウムには、筑紫室長の鞄持《かばんも》ちとして、僕もついていった。スタッフのほとんどは、室長の講演中にネットを利用した生中継が予定されているために、研究室と講演会場の二班に分かれてスタンバイしている。

室長は白衣姿ではなく、上等の背広を着こなしていた。僕も一張羅《いっちょうら》の背広を着て、会場となる国際会議場に臨《のぞ》む。

シンポジウムの初日は講演会で、二日目には各専門分野に分かれたワークショップが開催される。

講演会場となる大ホールに隣接したロビーには、国内外の研究者をはじめ、医療機器のメーカー関係者らが集まっている。筑紫室長は彼らと名刺交換をしながら、談笑していた。

僕も、室長に近寄ってきた初老の男から、名刺を差し出された。旭星製作所《きよくせい》で開発部長をしている、日下斉《くさかひとし》という男だ。

室長と握手をしながら彼は、「どうぞお手柔らかに」と言って微笑む。

どこかで見たことのある名前だと思ったら、彼も今日の講演者の一人だった。

日下部長が離れていってから、室長が旭星製作所について教えてくれた。

「防衛省の外局と一緒に、ロボット兵器なんかを生産している」

「先端脳科学研究所《うち》と、倉戸さんの勤めている烏丸医工の関係みたいなものですか?」と、僕はたずねた。

「まあ、そんなところかな。ただし企業規模は、烏丸より旭星の方がずっと大きい。研究費の多くは、やはり国から出ている。もっともあっちは、防衛省の外局がメインのようだが。脳波で直接、戦闘機や戦車を動かす技術なども開発していたはずだ……」

僕はスマートフォンで、〝旭星製作所〟を検索してみることにした。

そのとき、人込みのなかから僕たちを見つけたらしく、砂田所長が近寄ってきて室長に声をかけた。

「君の発表には期待している。何せマインド・ビュアには、大量の研究費を注ぎ込んできたからな……」

室長が愛想《あいそ》笑いを浮かべていたとき、開演を知らせるアナウンスが流れたので、僕たちは大ホールへ入っていった。室長は、最前列の関係者席につき、僕はその後ろに座らせてもらう。

定刻になると、生命科学研究機構の高村直治《たかむらなおはる》機構長が開会の挨拶に立ち、講演会が始まった。

まず、ダニー・コールマンというアメリカの脳科学者が、「脳内イメージの可視化」をテーマに基調講演を行う。

僕は、同時通訳をイヤホンで聴いていた。

彼の研究室での成果を中心に、脳科学の最前線について報告が続けられる。

しかし講演を聴けば聴くほど、〝自分〟というものが物理的存在に他ならず、何とも非情で味気ない基盤の上に成り立っているのではないかと思えてくる。室長が語っていた、デカルトの心身二元論における〝心〟の部分がおびやかされているような気分である。

続いて、旭星製作所の日下開発部長が講壇に立つ。彼は巨大スクリーンに映像を映しながら、まず自社の沿革から説明を始めた。

彼の会社のイメージング装置は、〝インナー・ビスタ〟と名付けられていた。機能的《f》ＭＲＩをベースに開発したもので、すでにパーツごとに特許は申請してあるという。

僕は、マインド・ビュアが独創的な研究だと勝手に思い込んでいたが、日下部長の話を聴いていると、結構似たようなテーマで余所《よそ》でも研究が続けられていたようである。僕たちにとって旭星製作所は、きっと手ごわいライバルに違いない。

ただしスクリーンに映し出された写真を見た限りでは、マシンはかなり、かさ高い。また、日下部長自らが課題として測定精度を挙げており、実用化にはまだ早いのではないかと僕は思った。

そしていよいよ、筑紫室長の番になる。

脳のメカニズムやイメージング装置を開発したという導入部分は、旭星の日下部長の話と幾分重なっていたような気がした。それでもスクリーンの写真から、マインド・ビュアは旭星のインナー・ビスタに比べて、かなりコンパクトにまとまっていることがよく分かる。

室長の報告は、ほとんど試作段階から続けてきた動物実験の成果が主だった。ネット中継では、粕渕研究員が被験者となって、ＥＳＰカードや写真を見せてその反応をスクリーンに映し出すという、もっともシンプルなテストが披露された。

残念ながら、本日最後の講演のためか、会場には居眠りをしている人が目立った。内容的にも、先にイメージング装置について発表した旭星製作所の方が、印象は強かったような気もする。

「実用化はまだ先です」と室長は付け加え、講演を終えた。

講演会の後は、近隣にあるホテルの宴会場に場所を移して、レセプション・パーティが催《もよお》される。

宴会前にトイレに入った僕は、聞くとはなしに同い年ぐらいの参加者の話し声を聞いてしまった。

「あのマインド・ビュアって、何かチャチっぽかったよな」

「ああ。科学的な根拠も、すぐには信用し難《がた》いし……」

旭星製作所の関係者なのだろうか。僕が筑紫室長の助手とは知らずに、好き勝手なことを言っている。

ロビーに戻ると、室長が青年実業家風の男と名刺交換をしていた。井田隼人《いだはやと》という、ゲーム機メーカーの社長さんで、僕もご挨拶をさせていただいた。

「いや、噂《うわさ》には聞いていましたが、研究成果を目の当たりにしたのは今日が初めてです」

井田社長は嬉《うれ》しそうにそう言うと、急に室長の耳元に顔を近づけた。

「まだ、余所は来てませんよね？」

戸惑った様子で、室長が答える。

「ええ、まあ……」

「それは良かった。旭星さんのインナー・ビスタより、おたくのマインド・ビュアは小型で、扱いやすそうなのがいい。マシンの視覚的なインパクトも、強烈で魅力的です」

彼は特に、ヘッドギアから怒髪《どはつ》天を衝《つ》くように伸びている光ファイバー群が気に入った様子だった。

「どうです？　マインド・ビュアを、ゲーム・マシンに応用してみては？」

室長も僕も、意外な方面からの突然のアプローチに、少々面食らっていた。

「うまくイメージできないんですが……」と、室長が答える。「私どものマインド・ビュアは、人の脳内を可視化しようというだけの装置です。それがゲームに使えるんでしょうか？」

「もちろん、人が昨夜《ゆうべ》何を食ったかを探るだけなら、面白くないでしょう。僕は、たとえばバーチャル《V》・リアリティ《R》のオンラインゲームなんかと融合させてみたら面白いと思ってるんです。それを使ってスパイまがいの行為をさせるわけですよ。ビュアから得られる初期レベルの脳内イメージを対戦相手に見せ合い、その抽象的な映像を想像力で補わせる」

なるほど、と僕は思った。相手の心理状態という新たなヒントを得ながら対戦するわけだ。それならゲームの面白味は増すだろう。

井田社長の発想は、ともするとマインド・コミュニケータにも通じるところがあるかもしれない。ただし彼のアイデアは、コミュニケータのような量子情報ではなく、ビュアの電磁波レベルで同様の効果を得ようとするものなのだが……。

「私どもでしたら、もっとアクティブなビュアの活用法をご提案できます」

自慢げにそう語る井田社長に、室長はたずねた。

「と言うと？」

「ビュアを反転利用するんです」

「反転利用？」

「ええ、まさに逆転の発想ですよ。つまりイメージを読み取るだけでなく、イメージを与えることはできないかと……」

考え込んでいる室長を見ながら、彼は続けて言った。

「分かりませんか？　先生が実験によって蓄積してこられたデータベースを活用するんですよ。つまり、脳地図におけるどの部分とどの部分の刺激が、何をイメージすることになるのか……。それが分かれば、逆にそこを刺激すると、送信者の意のままにイメージを喚起《かんき》できるじゃないですか。

あるいは、ある人のイメージを記録して、それを他人の脳で再生することだってできるかもしれない。聴覚や触覚といった他の感覚に広げていくことも可能でしょう。そうなると、テーマパークのアトラクションなんかに使えるかもしれない……」

目を輝かせながら、彼は大きな夢を語り続けている。

僕は思わず、首をかしげた。

「ビュアをリアルタイムで使うと、不適切な画像がふいに出てくるかもしれませんよ」

余計な口出しをするなというような顔で、彼が僕を横目で見る。

「コンピュータに検閲《けんえつ》させて、そんな画像をキャンセルさせればいいだけじゃないですか」そして彼は、室長の手を握りしめた。「どうです？　一緒に研究して、ゲームの世界に新たな革命を起こしましょう」

返事に困った様子の室長は、腕時計に目をやった。

「レセプション・パーティが始まりますので、お返事はまた改めて……」

室長は踵《きびす》を返すと、足早にその場を立ち去った。

「ゲーム・ユースはともかく、あの程度のアイデアなら、とっくの昔に私も思いついていた」歩きながら、室長が言う。「現にモバイルは、ピュア間での交信を想定して設計されている」

「じゃあ、いずれは研究室でも？」

僕がそうたずねると、彼はうなずいた。

「ああ。そうした実験メニューをいずれやってみるつもりだ。ただし、ゲームではないがな……」

パーティの開始直後から、室長はワインを飲みながら、基調講演をしたコールマン博士と歓談していた。すべて英語だったので、話の内容は僕にはほとんど理解できない。

そんな彼らのところに、経営コンサルタントを名乗る野上満也《のがみみつや》という男が割って入り、名刺を差し出した。洒落たデザインの眼鏡《めがね》のせいもあってか、ちょっとキザな印象の男だった。

「ちょっとよろしいですか？」

笑顔を浮かべながら、野上氏が言う。

彼の狙いはコールマン博士ではなく、筑紫室長だった。

博士に詫《わ》びを入れてから、室長が彼の方を向く。

「先生のご講演、興味深く拝聴いたしました」そして彼はいきなり、所長の手を握った。「研究室に埋もれさせておくのはもったいない。しっかり稼《かせ》がないと」

「稼ぐ？」と、室長が聞き返す。

「製品化するんですよ。可能性はいくらでもあるじゃないですか。市場調査などにマインド・ビュアを持ち込めば、トレンドを先読みしてヒット商品を連発できるかもしれない。もちろんビュアそのものも、単独で商品になり得る。たとえばディスプレイにつながる端子にレコーダーをつなぐだけで、夢の録画が可能になるかもしれない」

「しかし……」躊躇しながら室長が答える。「私も宮仕《みやづか》えの身ですから、最終的に国の許可を取らないと、そうした事業化には進めません」

「簡単なことです。ビュアの基礎研究は早々に切り上げ、生命科学研究機構をお辞《や》めになって独立するというのは如何《いかが》ですか？　先生が懇意《こんい》にされている烏丸医工と共同出資して、新会社を設立されるのもいいでしょう。もちろん、私どもは先生方に投資し、全面的にサポートさせていただきます」

室長は、眉間に皺を寄せた。

「そこまで思いきると、ビュアの関連機器の開発には専念できても、将来的に他の基礎研究ができなくなるかもしれない。それにビュア自体、まだまだ研究中でして……。旭星製作所さんのインナー・ビスタも、開発目的はよく似ていますから、そちらをあたってみてはいかがですか？」

室長は軽く頭を下げて、ケータリング・コーナーに向かっていった。

皿にサンドイッチをのせて戻ってくると、今度は三十歳前後の知的そうな女性が室長に挨拶したいと言ってきた。沢村《さわむら》杏子《きようこ》さんといい、世界保健機関《WHO》の脳科学センター日本支部に勤めているらしい。

「先生のお話、大変感動いたしました」

彼女の目的も、ビュアの活用だった。

「認知症研究などに、あのビュアは使えるかもしれません。私たちも患者さんのお気持ちがなかなか理解できず、難儀しているところなんです」

「介護利用は私も想定しています。しかし講演でも申しましたように、実用化はまだ先のことですよ」と、室長が言う。

「ええ、承知しています。期待しながら見守らせていただきたいと思います」

そのとき、「私もご挨拶させていただいてよろしいですか?」と言いながら、いかつそうな中年男が入り込んできた。

ＷＨＯの沢村さんは、気を利《き》かせて僕たちから離れていく。

男の差し出した名刺には、科学警察研究所の研究調整官、吉川謙輔《よしかわけんすけ》とあった。

「先生のご研究は、実に素晴らしい」

彼は、この場ではやや聞き飽きたような褒《ほ》め方で話し始める。

「ご多忙のご様子ですので要点をかいつまんで言えば、あれは犯罪捜査に使える」

「犯罪捜査に、ですか……」と、室長はくり返した。

「ええ、取り調べの際、容疑者から自白を強要する必要がなくなる。意識不明に陥《おちい》った被害者からも、何らかの有力な情報を引き出せるかもしれない。それは嘘発見器の比じゃない。捜査を劇的に変える可能性を秘めた装置です。また使い方によっては、テロを未然に防ぐこともできるでしょう」

「しかし……」口ごもりながら、室長は話し始めた。「ビュアを使うのであれば、とにかくマシンに座らせないとダメですし、相手の同意がないと成立しないと思いますよ。証拠能力があるかどうかも問われるでしょう。そもそも、そういう捜査が許されるかどうか。人の脳内に踏み込むんだから、ある意味、究極の強制捜査になってしまう」

「問題があれば、法律の方を改正すればいい」と、彼は言った。「そうするだけの価値のある発明だと思います。けれども残念ながら、導入は、私の一存では決められない。先生とは、また改めてお話ししたいと思っております」

そのとき、司会者がみんなに呼びかけ、そろそろパーティがお開きになることを告げた。

「ほとんど食えなかったな」

室長は急いで、テーブルのサンドイッチを口にした。

「犯罪捜査どころか、うまく制御しないと、犯罪に使われてしまうぞ……」

出口に向かう吉川研究調整官の背中をながめながら、室長は独り言のようにつぶやいた。

パーティがお開きになった後は、二次会へ行く人もいた。けれども室長が明日のワークショップに備えて調べ物をしておきたいというので、僕たちはシンポジウムの主催者が用意してくれたホテルの部屋へ戻ることにした。

「今日の講演は好評でしたね」歩きながら、僕は室長に話しかけた。「少なくとも、マインド・ビュアに関しては引く手あまただったし、研究は行き詰まっているどころか、前途洋々じゃないですか」

室長は表情を変えず、「そう思うか？」とつぶやくように言った。

ホテルのロビーで、僕たちはまた、別の男に呼び止められた。

「失礼ですが、筑紫先生ですね？」

とても姿勢がよく、引き締まった表情の中年男性だった。

「ええ、そうですが」

戸惑いながらうなずく室長に、男が名刺を差し出す。防衛装備庁、先進技術研究所の管理官で、柳田《やなぎだ》圭造《けいぞう》という名前だった。

名刺を見直している僕に、彼は防衛装備庁について簡単に説明してくれた。通称は、防装庁。防衛省の外局で、彼の部署は防衛装備品の開発を主に担当しているという。武器だけでなく、情報機器なども扱っているそうだ。

「立ち話も何ですので」と言い、彼は僕たちをラウンジへ案内した。

それぞれ好みの酒を注文し、乾杯する。

「お疲れのところを、申し訳ありません。パーティ会場のような人の多いところではなかなか話しづらいこともあるので、今になってしまいました」

クールな微笑みを浮かべながら、柳田管理官はウイスキーを口にした。

「で、本日ご披露いただいたマインド・ビュアですが、引き合いは、他にも？」

「ええ、まあ……」

頬《ほお》のあたりを指でこすりながら、室長が答える。

「多くの実業家や政治家たちが、先生のご研究に興味をいだいたことと思います。今後もアプローチは続くでしょう。しかし、それらがどんな思惑にせよ、事の重要性において我々とはまるで異なる。ビュアに対する期待感も、他の方々には負けないつもりです」

柳田管理官に付き合ってウイスキーを飲みながら、室長は彼にたずねた。

「というと、防衛装備庁さんも、ビュアを？」

「もちろんです。ご存じかと思いますが、テロ対策には警察庁にも増して頭を痛めているところでして……。加えて一部の近隣諸国とも、きな臭いつばぜり合いを続けている。それ以上は言わなくても、先生ならお分かりでしょう」

確かに、何らかの諜報《ちょうほう》面でのビュアの利用を意図していることは、僕でも分かった。

「昨今は開戦前夜のように言われていますが、サイバー戦争のレベルであれば、とっくの昔に始まっている。相手との腹の探り合いにいたっては、大昔から絶えず続いています。そうした状況下において、マインド・ビュアのような発明品は間違いなく新たな局面をもたらすはずです。この方面における利用価値は、計り知れない。実際、他国においては、すでに類似の研究が秘密裏に進められています。わが国とて、後《おく》れをとるわけにはいかない」

彼はウイスキーを一口飲み、話を続けた。

「実は、アメリカ国防総省《ペンタゴン》の国防高等研究計画局《DARPA》で開発中という脳内イメージング装置を視察したことがあるんですが、これが想像以上に未完成な代物でしてね。今のところ、データの信用性はゼロに等しい。ふた言目には『開発中』とか『予算不足』という言い訳を聞かされて帰ってきたような次第です。あなた方も、研究をお続けになるのは大変でしょう」

室長は苦笑いを浮かべていた。

「まあ、そんなところですかね……」

「このご時世《じせい》、少子高齢化の影響もあって、いくら行政改革しても増税しても追いつかない。なかでも科学分野の研究費は、切り詰められる一方だ。ですが、我々の活動に協力していただけるのなら、そういう心配はもはやご無用です。研究費は、こちらで手配させていただく」

「そちらで、と申されますと？」

「もちろん、ものにもよりますが、防衛関係の研究開発がからんでいるとなれば、予算は取れるということです。マインド・ビュアのコンセプトでしたら、まず心配はいらない。何しろ人の心が読めるとなれば、国家機密であろうが何であろうが、容易に入手可能となりますからね。どうです？　国際情勢は切迫の度合いを増していて、時間的な猶予《ゆうよ》もない。わが国の安全保障上の課題に対応するため、是非《ぜひ》とも我々と、共同研究なさいませんか？」

　室長はグラスをテーブルに置き、腕組みをした。

「私の知る限りでは、防装庁さんは旭星製作所さんのグループと共同研究をなさっているのでは？」

「確かに。けれども旭星のインナー・ビスタと目的は同じでも、マインド・ビュアは設計思想がまるで違う。何より小型で、トラックに積載可能だということも存じております。我々は、そこに魅力を感じている」

「お調べになったんですか？」

「失礼はお許しください。これも我々の職務ですので。それに……」彼は室長に顔を近づけ、声をひそめた。「あなたの研究室では、ビュアをさらに進化させる研究をされておられるのでは？」

　マインド・コミュニケータのことに違いないと、僕は思った。考えてみればこうした情報収集活動は、彼らの得意分野だったのだ。どの程度まで知られているかはともかく、室長が機構内でも極秘にしていることを、彼らは嗅《か》ぎつけているのかもしれない。

　一瞬、真顔になった室長が、声をあげて笑い出した。

「買いかぶりですよ。思うように進まないビュアの研究で手一杯で、そんな余裕なんてありません。今晩だって、明日のワークショップの準備をこれからしなければならないんです。今日のところは、これぐらいにしておいていただければ……」

室長に続いて、柳田管理官も立ち上がった。

「では、この件につきましては、また日を改めてご相談させていただくことにいたしましょう。砂田所長はじめ先端脳科学研究所の皆様方にも、どうかよろしくお伝えください。もちろん、折をみてこちらの方から近々ご挨拶にうかがわせていただきますので……」

柳田管理官はまだまだ話し足りない様子だったが、僕たちは彼と別れ、ホテルの部屋に向かった。

エレベータの中で室長は、「ちょっといいかな？　少し話がしたい」と言う。

そして僕を、自分の部屋に招き入れた。

僕は椅子に座らせてもらい、室長はベッドに腰を下ろす。

彼はおもむろに、「君はどう思う？」と、僕にたずねた。

「どう、と言うと？」

「講演後の反応についてだ」

僕は会場のロビーやパーティ会場で出会った人のことを思い出しながら答えた。

「そうですね、まあ、良かったじゃないですか？　研究中にもかかわらず、マインド・ビュアに何件も引き合いがあったんですから。防衛装備庁にはちょっと驚きましたけど」

「そうかな。遅かれ早かれ来るかもしれないと、私はにらんでいたが。まあ、平和ボケの日本においては、国際情勢の深部まではなかなか分からんのかもしれないがな」

そう言われると、返す言葉がなかった。実際僕は、暇さえあれば政治より、桜蘭のことばかり考えているわけである。

「防装庁の他にも、製品化を望む多くの声が……」

「確かにビュアの用途は、さまざまに考えられる。それぐらいの想定は、私もしていたと言っただろう」

「諜報活動への利用も含めてですか？」

「ああ。ただし防装庁は旭星製作所と組んでｆＭＲＩベースのインナー・ビスタを開発していたから、そっちの製品化が先じゃないかとは思っていた」

「旭星って、他にも防装庁の仕事を多く請《う》け負っているみたいですね」

僕は、ネットで調べた〝旭星製作所〟の記事を思い出しながら言った。

「防装庁から研究費が出てるんじゃ、食いっぱぐれることはない。あっちのやり方の方が堅実《けんじつ》だとは言えるな」

「問題は、こっちですよね」僕は室長を見つめた。「砂田所長の話しぶりだと、ビュアで何らかの成果を出さないことには、来年度の予算も下りないといった雲行きでしたよね。この際研究を続けるためには、選《え》り好《ごの》みしている場合じゃないでしょう。民間であれ役所であれ、手を差しのべてくれるところと組むしかないんじゃないですか？　とにかくどこでもいいから、引き合いのあった好条件のところとビュアの開発を進め、それで得た資金で、室長念願のコミュニケータの開発を続けるというのはどうですか？」

室長は首をふった。

「そんなお気楽なものじゃないだろう。ビュアも、コミュニケータも」

「研究が続けられなくなるのなら、元も子もないじゃないですか。スポンサーになんて、こだわっていられない。有人月面探査を成功させたフォン・ブラウンだって、ロケット開発という夢のために、一時はナチスと……」

「ピュアの利用に何らかの制限を考えておかなければ、とんでもないことにまで利用されてしまうおそれがあるというのが、分からないのか」

室長は珍しく、声を荒らげた。

「そう言われれば、そうですけど……」

肩をすくめて僕がつぶやくと、彼は微笑みを浮かべた。

「何しろ人間は、嘘ばかりついている。ところがよく言われるように、それで社会が成立している側面もあるんだ。ピュアが社会に浸透《しんとう》していくと、そうした基盤を崩していく可能性もある。それだけじゃなく、慎重に対応しないと〝内心の自由〟とやらをおびやかしてしまうかもしれない。誰にだって、知られたくないことの一つや二つはある。私はそんなものまで引っ張り出そうとは思っていない。だからマシンの製品化と同時に、ガイドラインも検討されるべきなんだ」

「それはピュアだけでなく、コミュニケータにも言えるかもしれませんね」

「ああ。だからどこかと共同研究するとしても、そうした点でのコンセンサスを得ておきたいと思っている。私の研究室の将来を案じてくれる、君の気持ちはありがたい。けれど譲歩《じょうほ》できない――いや、してはならないこともあるんだ」

僕はうなずきながら、「分かりました」と彼に言った。

「とはいえ、君と同じ考え方のスタッフがいるかもしれない。明日のワークショップ以降も、商談にはうかつに応じないよう、みんなにメールをしておいた方がいいかもしれないな……」

室長がスマホを取り出す。

「じゃあ、僕はそろそろこのへんで……」

立ち上がって部屋を出ようとする僕に目をやり、彼は「ありがとう」と言った。

6

二日目のワークショップには、筑紫研究室のスタッフたちも各専門部会に参加し、国際シンポジウムは無事終了した。

翌週の月曜日から、僕たちはいつも通り研究を再開する。

その日は、武藤と倉戸技師を被験者にして、コミュニケータ実験が行われた。桜蘭とともに助手を務めた僕は、例によって彼女を晩飯に誘うタイミングをずっと狙っていたのだった。

夕方になって、操作室に砂田所長がやってきた。いつになく、機嫌がよさそうに見える。

「いや、君たちのマインド・ビュアが認められて、私は嬉しい」と、彼は言った。「与党の柏木《かしわぎ》先生からも、私のところにわざわざご連絡をいただいた」

筑紫室長が、首をかしげている。

「何の話ですか?」

「だから、この研究所の予算じゃないか。君たち研究室の請求に対して、満額回答のお墨付きをいただけたようなものだ。国の役に立って研究もできるんだから、言うことなしだろ。機構長にも喜んでいただけるはずだ」

所長は、終始上機嫌で話し続けた。

「君は忙しいだろうから、返事は私の方でしておいた。まあ、防衛装備庁さんともよく話し合って、仲良く研究を続けてくれ」

「防衛装備庁……？」と、室長がくり返した。

「ああ。内々に共同研究の打診をいただいたんだが、君のところにも柳田とかいう管理官が訪ねてきただろう。当然、他からのオファーがあったとしても、全部キャンセルだ。いいね。防装庁以上の好条件はないからな。じゃ、よろしく頼む」

砂田所長は自分の用件だけ言うと、さっさと操作室を出ていった。

「所長、ちょっとお待ちください」

室長は、所長の背中を追いかけていく。

みんなはポカンと、閉じられたドアを見つめていた。

「何だか、急に風向きが変わってきたみたい」と、金井オペレータがつぶやく。

「みんな浮かない顔ですね」倉戸技師が周囲を見回した。「予算が通って研究が続けられそうだというのに」

「だって、防衛装備品の開発が大前提なんでしょ」神田医師はため息をもらした。「私もある程度は予想していたけど、こんなに早くプロポーズされるとはね。これはおそらく、ビュアだけじゃ済まないわよ」

「そう、コミュニケータの方がもっと問題かもしれない」堀尾主任が大声をあげた。「ゲームレベルなら罪は軽いでしょうけど、諜報活動となるとね……」

「世界征服も夢ではない、ですか？」

倉戸技師が笑いながら言う。

「笑い事じゃないわよ。もう何十年も前から、ＣＩＡが超能力の研究をしているのは知っているでしょ？　アメリカに限らない。国家レベルでそうした研究は続けられている。性質上、公《おおやけ》にはなりにくいけれども、すでに戦場の最前線にテレパシストを起用している国もあるのよ」

僕は思わず、スマホでゲームを始めた武藤に目をやった。

「じゃあ……」

「ええ、訓練すれば、武藤君も空歩も優秀なスパイとして使えるかもしれない。それにもし、そうした特殊能力をマインド・コミュニケータによって一般化できるとするなら、連中はそれも欲しがるはずよ」

僕は堀尾主任に言った。

「そういえば防装庁の管理官は、僕たちがマインド・コミュニケータの研究に着手していることに感づいている様子でしたけど」

「まあ、連中がその気になって調べれば分かることでしょうね」

「量子力学の詳細までは、連中にも分からないかもしれない」と、粕渕研究員がつぶやく。「量子の重ね合わせも、からみ合いも……。問題は、それが利用できるかどうかだけ」

主任がうなずいた。

「だとすれば、コミュニケータのメリットには気づいているはずね。何しろコミュニケータが実用化されれば、通信傍受《ぼうじゅ》などとは別次元の情報取得が可能になる」

腕組みをしながら、僕はつぶやいた。

「もし今回のシンポジウムでコミュニケータのことを公表していたとすれば、反響はもっと大きかったかもしれませんね」

「どうかな」粕渕研究員が、首をかしげた。「実験に成功していればの話じゃないか？　実用化にいたるかどうかはまだ半信半疑のはずだ。ただ、実現すればすごいことだとは分かっている。だから防装庁には、どこよりも先に研究を進める意思はあるんだろう。我々のデータだって欲しいはずだ」

「防装庁がコミュニケータの製品化に成功しても、防衛装備品としてしか使われない……」

金井オペレータがそう言うと、堀尾主任がうなずいた。

「そうなると、まず各国の諜報活動が飛躍的に活発化していくでしょうね。コミュニケータは特に尋問《じんもん》に対する適性が高い。何せ、相手の頭の中に入って、直接情報を引き出すことができるんだから。コンパクトだし、取得する情報によってはコスト・パフォーマンスにも優れている」

「尋問ならともかく諜報活動の場合、ターゲットにナノマシンを投与するプロセスが大変では？」と、僕は聞いた。

「今は注射だけど、いずれ飲み物にすることも検討中だと言ってたでしょ」

「主任、ひょっとして防装庁との共同研究に、乗り気なんじゃ……」

「まさか」彼女は首をふった。「けど室長と、そういう想定をしてみたことはある。するとコミュニケータの利用価値は、諜報活動や尋問だけじゃないことが見えてくるの。たとえば、操作にも使える」

「操作って、ロボットや無人航空機《ドローン》ですか？　それらを、テレパシーで動かすということ？」

「それぐらいは開発されるでしょう。でも私の言う操作は、それだけじゃない。あなた、コミュニケータの本当の凄《すご》さを、まだ分かっていないようね」

堀尾主任のシニカルな微笑みをながめているうちに、僕はようやくひらめいた。

「まさか、マインド・コントロール？」

　彼女がうなずく。

「マインド・コミュニケータの技術を応用すれば、人の心を外部から操作できるかもしれない。前世紀には、脳に電極を埋め込んで人の心を操作するという研究がされていた。コミュニケータだと、完全非接触でそれ以上の効果をもたらすことが可能になる。たとえば記憶を消したり、偽《にせ》の記憶を植えつけたり、意中の人を意のままに操ることだってできるようになるでしょう」

　僕は思わず、桜蘭に目をやった。しかし、自分の頭の中をのぞかれるのは嫌だが、操作されるのはもっと嫌だろう。

　主任が話を続ける。

「自分が誰なのかという認識を、ごっそり書き換えてしまうことも不可能じゃない。それで正気を失わせたり、自殺に追い込んだりもできてしまうかもしれない。ただし私たちは、そうした使い方をされる場合をコミュニケータとは区別して、〝マインド・コントローラ〟と呼ぶことにしている」

「ギャンブルに使うことぐらい、誰でも思いつくけど」と、金井オペレータがつぶやく。「もし悪用されれば、パイロットをコントロールして、飛行機を落としたりすることも起こり得る」

「すると、要人暗殺なんかも？」

　僕がそう言うと、堀尾主任が首をふった。

「そんなレベルじゃない。そもそも政府要人のコントロールが可能とすれば、世界を戦争に巻き込むこともできてしまうわけでしょ。軍事利用だと、さらに……」

「え、まだあるんですか？」

「これはもっと、厄介かもしれない」そうつぶやくと、彼女が僕にたずねる。「あなた、クレオパトラの最後の吐息《といき》の話って、聞いたことある？」

「クレオパトラ？」予想もしていなかった人物名を聞いた僕は、首をふった。「いや、知りません」

「ざっくり言うと、クレオパトラの最後の吐息に含まれていた原子のいくつかを、長い時間と距離を経て、また私たちが吸い込んでいる可能性は決して低くはないといった話なの」

武藤が微笑みながら僕を見た。

「つまり絶世の美女クレオパトラと、女に縁がなさそうなレンや俺が、決して無関係じゃないということかな」

「もちろん、クレオパトラだけじゃない」と、堀尾主任が言う。「自分の体を構成している原子は、かつて他の生命を構成していたかもしれない。さらに言えば、すべての生命は、量子力学的にみて相互に影響し合う原子で構成されていて、少なからず量子からみ合いの関係にある。そしてマインド・コミュニケータを応用すれば、それらの原子群を刺激し、複数の人間に向けて、自分の思想信条を伝えられる可能性すらあるわけ」

「いわば、マインド・マスコミュニケータね」

金井オペレータの言葉に、主任はうなずいた。

「果ては情報を反復して送信するとか信号強度を上げるとかして、大衆を操作できるかもしれない」

僕は、唾を呑み込んだ。

「それで世界を、意のままに動かせるかもしれないと？」

「攻撃的《アグレッシブ》なことまではできないでしょうけど、戦意を喪失させたり、逆に士気をあげたりするぐらいのことは想定し得る。そうした用途について、私たちはマインド・マスコントローラと呼んでいる」

「つまりコミュニケータは、使い方によっては個人の人格のみならず、社会全体を大きく揺さぶる可能性があるということですか」

「そうなるわね。しかも為政者《いせいしゃ》の多くが欲しがっているのは、マインド・コントローラであり、マスコントローラなわけ。それは、どこの国だろうが同じこと」

「でもコントローラが実用化する可能性は、それほど高くないのでは？　こんなことを言うのは何ですが、コミュニケータのごく基本的なレベルの実験でさえ、まだうまくいっていないわけですよね？」

「あくまで可能性の話よ」やや不機嫌そうに、堀尾主任が答える。「ただ現実問題として、防装庁との共同研究の話はすぐ目の前にある。共同研究が合意にいたるようなことになれば、当面はビュアの実用化から、諜報活動という応用ありきで進められていくことになるでしょうね。場合によっては研究の秘密が、同盟国に渡ることになる。なかでもアメリカ国防総省は、要注意かも。やがて我々はビュアの改良と並行して、コントローラを見据えたコミュニケータの開発を命じられかねない」

僕は思わず、うなり声をあげた。

「僕、政治や社会に関心はないですけど、自分の生活が脅《おびや》かされるのはやっぱり嫌ですね」

「ビュアにしろ、コミュニケータにしろ、〝諸刃《もろは》の剣《つるぎ》〟ね」と、堀尾主任は言う。「一方では脳機能の研究に役立つのに」

「心とは何か、人間とは何か……。そういったお題目だけだと、予算が出ないわけですよね……」

そのときドアが開く音がして、筑紫室長が戻ってきた。

スタッフが一斉に、彼に注目する。

「砂田所長に、一応話をした。理解してもらえたかどうかは分からないが」

「何て伝えたんですか?」と、僕はたずねてみた。

「もちろん、共同研究は考えられない。防装庁に限らないが、方法論からして違うところとは組めない、とね。肝心の研究テーマを放り出したまま、ツールだけを生産するわけにはいかない。そもそも連中は、何で知ろうとしない。人の心というのは、研究すればするほど分からなくなるというのに……」

室長は、操作卓に拳を押しつけた。

「さあ、悩んでいても仕方ない。いつも通り、心の問題をみんな一緒に探究し続けようじゃないか」

室長が一つ手をたたいたのを合図に、僕たちはそれぞれの持ち場に戻っていった。

桜蘭を晩飯に誘うことなど、そのときの僕はすっかり忘れていた。

7

一週間後の月曜日、所長に呼ばれていた室長が、スタッフたちのいる操作室に戻ってきた。

「防装庁の柳田管理官がお見えになって、再度、共同研究の申し出をされた」と、室長が言う。

「今回は我々が帰属する、生命科学研究機構に対する正式なものだ」

「それで?」と、堀尾主任がみんなを代表してたずねた。

「それが、耳を疑うほどの好条件なんだ。こっちが見積もった以上の研究費を、割り当ててもらえる。潤沢《じゅんたく》な研究費さえあれば、コミュニケータ実験の行き詰まりを打開するきっかけさえ、つかめるかもしれない」

「ただし、防装庁との共同研究が条件なんでしょ?」主任がそう問いかけると、室長は黙ったまうなずいた。さらに彼女が問い詰める。「で、断ったの?」

「いや、考えさせてほしいと言って、保留にしてもらった」

「そんな、室長らしくもない……」

主任がぷいと横を向いた。

「そう言われても、今回は正式な申し込みだったし、私の一存で決めてしまうわけにもいかない。君たちスタッフと相談してからと思ったんだ。それに妙な話も聞いたし、それを伝えた上で再度考えればいいと……」

「妙な話?」

主任が聞き返す。

「ああ。実は、これまで私の研究室に円滑《えんかつ》に予算が下りていたのは、防衛装備品への将来的な応用を見据えてのことだったと言うんだ。その可能性も考えないわけではなかったが、面と向かって言われたのは初めてだった」

「確かにここ数年、うちの予算は膨《ふく》らみ気味だったからね」主任が小刻みにうなずいた。「にもかかわらず、審議会もずっとパスしてきた……」

「それでも共同研究を断るというのなら、どうなるかは分かっているだろうなと、所長に脅されたよ。昨今の国際情勢にも配慮してほしいと、管理官には釘《くぎ》を刺された」

「何だかきな臭そうだというぐらいは、ニュースで知ってるけど」

「管理官の話だと、水面下の状況はもっとひどいと言うんだ。私たちの研究を狙っている国は、一つや二つじゃない。テロ組織まで動き出すかもしれないと……。狙われる可能性は、私だって百も承知していたが」

「それもあって、研究はできるだけ秘密裏に進めてきたんだものね。ところが研究所の成果しか頭にない所長にお尻をたたかれてビュアを公表したことが、そういうきな臭いところに火をつけてしまったのは否定できない」

「肝心なのは、その先……。私たちの研究を、国がしっかりと保護すると言ってくれるんだ」

「ただの口実でしょ？　研究成果を占有したいという連中の本心は、見えている」

「そんなの、ビュアにかけるまでもない」と、神田医師がつぶやいた。

「私たちのやっていることは、純粋科学じゃなかったの？」と、堀尾主任が室長に詰め寄る。

「国の威信も他国の脅威も関係ないはず」

「君に言われるまでもない。しかし相手に、そうした理想論が通用しないんだ。だから相談しに戻ってきた。何か意見があれば、聞いておきたい」

堀尾主任が「室長のご判断に従います」と言う。

するとと「賛成」の声とともに、その場にいた全員が手をあげた。

「相手が相手だ。これから何が起きるか分からないが、それでもいいんだな」

「もちろん。その覚悟はできてます」

主任がそう言うと、みんなは拍手で自分の意思を示していた。

その日のうちに、筑紫室長は防装庁の提案を断った。

彼は砂田所長から、「応用価値があるにもかかわらず、そっぽを向くのなら、予算を減らされても文句は言えないだろう」という捨《す》て台詞《ぜりふ》を聞かされたそうだ。

「ということは？」

僕は、操作室に戻ってきた室長にたずねてみた。

「機構レベルで、何らかの動きがあるというぐらいの想定はできるだろう。分かりやすいのは、所長の言っていた予算だな。出ても半分以下になるかもしれない。このご時世だし、お国の役に立たない研究に出す金などないというわけだ」

「じゃあコミュニケータはおろか、ビュアの研究も満足にできなくなるということですか？」

「今さらそんなことを聞かれても困る。君たちの報酬だけじゃなく、実験に協力してもらっている烏丸医工にも、十分な支払いができなくなるかもしれない」

「俺はやりますよ」

僕より先に、倉戸技師が返事をした。

苦笑いを浮かべながら、室長が答える。

「いくら君がやる気でも、烏丸医工が手を引くしかなくなる」

「おこがましいようですけど、ウチが撤退《てったい》したらここでの研究は……」

「コミュニケータの研究は、直《ただ》ちに中止せざるを得なくなるだろうな。ビュアは、モバイルを含めたハードがすでにあるから、烏丸医工と折り合いがつけば細々と続けることは不可能ではないと思うが……」

「それも予算次第かな」と、堀尾主任がつぶやく。「金の切れ目が、中止の潮時《しおどき》かもね。むしろ今までが、恵まれ過ぎていたのかもしれない」

「どうする？」神田医師は、室長を見つめた。「今からでも、防装庁との共同研究に合意する？」

「それはもうあり得ない」

「じゃあ、民間は？　ゲーム機メーカーなどから、プロポーズをいただいていたんでしょ。そうしたところの研究部門と協力して仕切り直すというのは？」

「それもなあ……。何らかの利益につながらないと、研究を続けさせてもらえるかどうか……。彼らの目的が今の研究室の意向と一致するとは、私には思えない」

「じゃあ思いきって、室長が独立するというのは？　ベンチャー企業を見習って、私設の研究室を興《おこ》すのよ」

「そんなこぢんまりした規模でまかなえる研究じゃないだろう。先端脳科学研究所——ひいては生命科学研究機構という後ろ盾《うしだて》があってこそ、ここまでやってこられたんだと思う。仮に投資者を得たとしても、そこの言うことを聞かなきゃいけないのなら、同じことだ」

　僕は室長に言った。

「このまま手をこまねいていても、研究中断の危機じゃないですか」

「そういえば砂田所長、こんなことも言ってたな。『スパイやテロに狙われるような危険な研究を、何の防衛策もなしにここで続けてもらうわけにもいかない』と……」

「ということは？」

僕が室長の顔をのぞき込むと、彼はシニカルな微笑みを浮かべた。

「折をみて解散、ということだろうな」


それでも僕たちは、翌日もビュアとコミュニケータの実験を続けた。

いつまでこの研究環境を維持できるか分からず、焦っているのは確かだった。一方で、砂田所長が無視できないような成果をあげれば、研究室は存続できるのではないかという一縷《いちる》の希望もあった。

「コミュニケータ実験で得られた新たな成果を公表すれば、確かに所長の考えは変わるかもしれないけれど、余計に防装庁に狙われるのでは？」

そうつぶやく僕に、堀尾主任が答えてくれた。

「コミュニケータの技術をこっちで管理できていれば、話は別じゃない？　簡単に真似《まね》ができるような技術じゃないものね。室長が言うように、その間にコミュニケータの利用に関するガイドラインを、しっかり作成しておけばいいのよ」

国際シンポジウム以来、室長への来客は目に見えて増えていた。ゲーム機メーカーのみならず、いくつかの企業や財団から、資金拠出の申し出を受けている。

しかし「話がうま過ぎる」とか、「背後に何かある」とか言って、室長はそれらをことごとく断っていた。

夕方は、久々に空歩と僕が被験者コンビとなって、コミュニケータ実験が行われた。相変わらず、彼女や僕の能力以上の成果は、特に得られていない。

恒例となりつつある空歩や武藤との晩飯に、その日は室長や堀尾主任も付き合ってくれた。

乾杯の後、僕は独り言のようにつぶやいた。

「結果が出ないのは、僕たち被験者の訓練が足りないのかなあ……」

「そうじゃないでしょ」堀尾主任が首をふる。「テレパシー能力とイメージング装置の効果が別問題なのは、知っての通りよ」

「それにテレパシーは、スポーツで体を鍛えるようにして身につくものでもないと、私は思っている」

室長がそう言うと、武藤がたずねた。

「どういうことですか？」

「どう言えばいいかな……。つまりテレパシーというのは、人間の進化の形としてあるわけではないと思うんだ。むしろそれは、太古の人間にこそ備わっていた能力かもしれない」

「太古の人間？」と、空歩がくり返した。

「ああ。大昔の人間は、言葉を交わさなくても、相手の気持ちを今より分かり合えたのかもしれない。けれども知恵を育《はぐく》み、言葉で意思を伝え合ううちに、そうした能力は失われていったんじゃないのかな。だからテレパシーは進化ではなく、むしろ退化と考えた方がいいと思っている」

「なるほど……」空歩が僕に目をやる。「じゃあテレパシーを鍛えるというのは、先祖に返ろうとするようなものなんだ。それなら、レンにもできるかもしれない」

みんなが僕の顔を見ながら、愉快そうに笑っていた。

「私が言いたかったのは、テレパシーが意識的に鍛えられるようなものとは違うんじゃないかということだ」室長は、真顔に戻って続けた。「無理に鍛えようとしなくても、これから起きるかもしれない修羅場《しゅらば》を経験すれば、少しは呼び覚ますことができるかもしれないし、制御も学べるかもしれない……」

アパートに帰ってベッドにもぐり込んだ僕は、脳内ビジョン研究室のお別れ会に同席する夢を見た。

僕のお目当ては、もちろん桜蘭である。さり気なく彼女の隣に腰を下ろし、顔をのぞき込む。挨拶しようとしたその瞬間、彼女はふり向き、僕を見て大声を出した。

「よ、不発弾」

彼女は桜蘭でなく、空歩の方だったのだ。

空歩は僕の股間《こかん》を指さし、「信管が錆《さ》びてるんじゃないの？」と言う。

みんなに笑われ、ガックリとしている僕を、さらに彼女は馬鹿にし続ける……。

目を覚ました僕は、あの悪夢のようなお別れ会が、正夢にならなければいいのにと願っていた。

8

翌週火曜日の朝、僕はいつものように、テレビの情報番組を見ながら身支度を始めていた。

僕たちが研究室にこもって実験を続けている間にも、国際情勢は緊迫の度合いを増しているようだ。東アジアを歴訪中だった首相の頭をドローンがかすめていったというニュースの続報が、昨日に引き続きトップで取り上げられていた。

容疑者は大学生で、テロリストでも何でもなかったものの、危機管理をめぐって非難の応酬《おうしゅう》合戦になっていた。果ては大規模な経済制裁を辞さない構えであるとか、大使を引き上げるといった騒ぎにまで発展している。実戦さながらの軍事演習もさらに熱を帯びていて、この分だと本当に戦争が始まるのではないかと思いながら、僕はアパートを出た。

研究室に到着すると、こっちはこっちで朝からある噂でもちきりだった。

烏丸医工を、ライバルともいえる旭星製作所が官民ファンドと連携して買収するというのだ。すでにネットにも情報が漏《も》れ出しているらしい。

烏丸医工の社員である倉戸技師は、研究室に顔を出して初めて知ったらしく、「どういうこっちゃ」とつぶやきながら驚いていた。

現場の人間である彼は、そういう情報にはまったく疎《うと》いようだった。

「業界最大手の旭星が官民ファンドと手を組むなら、烏丸医工のような小さな会社は問題なく買収できるでしょうね」堀尾主任が、頭に手をあてて言う。「ここ数年、烏丸医工の利益は上がっていなかったけど、企業としての潜在能力《ポテンシャル》を考慮すれば十分説得力のある買収話だと言える」

「その手で、きたか……」

ため息交じりにつぶやく筑紫室長に、僕はたずねた。

「どういうことですか?」

スタッフのみんなは、もうすでに気づいている様子で僕を見つめる。

金井オペレータがあきれたように教えてくれた。

「うちの研究室がプロポーズを断っても、烏丸医工を買収すれば、ノウハウをほぼ丸ごと吸収できるわけ」

ようやく僕にも分かってきた。

「するとこの買収話の背後に、防装庁が？」

「予想していたより、動きが速いな」と、室長が言う。

「それだけ連中が、ピュアを欲しがっているということでしょう」神田医師は微笑みを浮かべていた。「国際情勢の急激な悪化が、連中を後押ししている」

「じゃあ買収後は、防装庁の主管で研究が継続されることに？」

落ち込む倉戸技師の肩を、室長がたたいていた。

「そう考え込むな。きっとうちより、ずっと高待遇で迎え入れてもらえるはずだ」

次の日には噂通り、烏丸医工の買収が決定した。

堀尾主任らは、朝から所内で会う人みんなに「これからどうするの？」と聞かれ、困っている様子だった。

倉戸技師にも会社側から内示があった。旭星製作所の開発部に近々配属されるという。先日の国際シンポジウムで講演していた、日下部長の部下になるわけだ。早速倉戸技師は、烏丸医工の最後の仕事として研究室に納めた機材をリストアップし、整理を始めておくよう命じられていた。

「会社の命令に従わないわけにはいきませんしね」倉戸技師が、眉間に皺を寄せながら言う。

「すみませんが、遠からず実験のサポートはできなくなると思います」

室長は力なく、「それぐらい、分かっている」と答えていた。

十一月二十七日のコミュニケータ実験は、僕と武藤が被験者を務めることになっていた。二人で朝から、操作室でコミュニケータの注入に備えている。

「どうします？」

僕と武藤の横で、堀尾主任が筑紫室長にたずねた。

十一月最後の実験——というより、コミュニケータ実験自体がいつ終わってもおかしくない状況である。もはや従来と同じやり方を続けるだけでは、何の成果も得られないのではないかと僕も感じていた。

しかし、通常よりトレーサーの量を多くしてみるというようなアイデアは、すでに却下されていた。

室長が答えあぐねていたとき、実光姉妹が操作室に入ってくる。

「よ、焼け石」彼女は僕を見るなり、片手をあげた。「冷や水をかぶって割れないようにね」

声の主が桜蘭でなく空歩なのは、誰の目にも明らかだった。

彼女を目で追いかけていた堀尾主任が、急遽《きゅうきょ》、武藤のペアを僕から空歩に変えてみてはどうかと提案した。

今までは、一人のテレパシストをブースター役としてペアを組んでいた。今回は、二人のテレパシスト同士で組ませてみるというのだ。僕にまったくテレパシストとしての素養がないわけではないらしいが、武藤と空歩という能力的に優れたテレパシストを組み合わせるのは初めての試みとなる。

それはある意味、暗黙の内に避けていた組み合わせだったかもしれない。何が起きるか、あるいは起きないのかは、誰にも予想がつかなかったのだ。場合によっては二人の絆《きずな》を、より深めてしまうことになるかもしれない。

堀尾主任の提案に、空歩はあっさりと同意し、神田医師や室長もそれを了承する。

それで予定されていた被験者から僕は外され、今夜行われる実験のサポート役にまわった。また万一に備えてモバイルの使用が見送られたため、実験室のビュアでの準備が進められていく。

その日の午後、脳内ビジョン研究室の解散が正式に決定した。速やかに残務整理に取りかかり、今年度——つまり来年の三月末までには完全撤収せよとの通達が入る。

「やっぱり中止なのか」粕渕研究員が、ため息混じりに言う。「コミュニケータは、何とか成功させたかったんだけどなあ……」

武藤は、憤慨《ふんがい》したようにつぶやいていた。

「何も解決しないまま解散なんて、最初の約束と違う」

「まだ、チャンスは残されている」と、空歩が声をかけた。「今夜の実験に期待しようよ」

そして午後六時——。トレーサーが、武藤と空歩の脳内で機能するタイミングを見計らって、実験が開始された。仙道先生も、様子を見に訪れている。

まず空歩を受信側にして、いつものようにＥＳＰカードを次々と送信側の武藤に見せていった。僕たちは、二人の脳内イメージを映し出すビュアのディスプレイに注目し続ける。

二人がイメージする模様がそろっているように見えるケースもあれば、そうでないときもあった。これは僕や桜蘭が被験者の場合に見られるパターンと同じで、実験後に正答率などを精査しないと、コミュニケータの効果がどの程度表れているかは分からない。

ＥＳＰカードに一区切りをつけて、次に風景や動物などの写真を武藤に見せていった。

ところがその最中、急に武藤の方のディスプレイに、何も映らなくなる。間もなく空歩の方も暗転《ブラックアウト》した。

椅子に腰かけている武藤は、気を失っているように見えた。

「止めて」

大声でそう言うと同時に、神田医師は急いで実験室へ駆け込んでいった。

僕たちもそのあとに続く。

倉戸技師が、まず武藤のヘッドギアを外し、椅子の背もたれをフラットにする。

神田医師が、直ちに処置を始めた。

「空歩の意識はあるようだ」と、仙道先生が言う。

見ると彼女は、自分でヘッドギアを外しながらつぶやいていた。

「ヒロミのイメージに集中しているうちに、彼がスッと入ってきたみたいな気がして……。それであたりが急に真っ暗になって、そのまま死んでしまうんじゃないかと思った」

「もし中断していなかったら、本当にそうなっていたかも」と、神田医師が言う。

その間に武藤が、ゆっくりと目を開けた。

「すみません。もう大丈夫です」

僕は、隣にいた粕渕研究員にたずねた。

「何が起きたんですか?」

「いや、まだよく分からない……」と、彼が答える。「ブラックアウトとは予想外だった。ただ二人の被験者は、とにかくシンクロしていたようだ。武藤が送信した漆黒《しっこく》を、確かに空歩は受信していた」

「トレーサーの効果ですか?」

「だから、それが分からない。現時点では原因不明だ」

「二人の潜在的なテレパシー能力がシンクロしたのかも」と、金井オペレータが言う。

「しかし今まで二人が一緒にいて、こんなことは起きなかった」粕渕研究員が、首をかしげている。「それが起きたということは、少なくとも失神に関してはコミュニケータの影響が疑われる。ただしコミュニケータはあくまで、二人のテレパシーに何らかの相乗効果をもたらした程度かもしれない。くり返し実験できれば、それも明らかになっていくと思うんだが……」

神田医師が、ゆっくりと首をふる。

「それはもう、できない相談ね」

室長が、ディスプレイに目をやった。

「いずれにしても見えていたのは、武藤の心の闇だったのか……」

実験はそのまま中止となり、僕たちは武藤と空歩の回復を待って、研究室を出たのだった。

武藤はその日の実験以来、被験者となることを拒《こば》むようになってしまった。仙道先生も、そんな彼が心配だからと言って、研究室に出てこなくなった。

残された僕たちでバタバタしているうちに、いつの間にか十二月になる。研究室の解散に伴う整理作業などが重なって、僕たちはさらにあわただしく日々をすごしていた。

神田医師、金井オペレータ、粕渕研究員ら、余所の部署から出向してきたスタッフたちは、遅くとも来年の四月にはそれぞれ自分の研究室へ戻る。ただ、筑紫室長と堀尾主任の処遇については未定だった。

研究室が入っているフロアは三月末までに明け渡さなければならないため、備品類は先端脳科学研究所の総務へ戻し、書類は残したいものをデータ化した上で処分する。ビュアをはじめ実験機材は置いたままにしておけないので、旭星製作所が年末までに引き取るという話がまとまっていた。

早速、来週八日の月曜日にはモバイルを引き渡す段取りになっている。ちなみにその日は、太平洋戦争の九十回目の開戦記念日にあたるらしい……。

水曜日の夜、室長と主任は人と会う約束があって不在だったが、残りの連中で近くの居酒屋にしけこんだ。忘年会兼お別れ会はいずれするとして、今月で研究活動は実質おしまいになるし、みんなで酒でも飲もうというわけだ。

乾杯の後は、予想通り愚痴の言い合いとなり、次第にぐだぐだな展開となっていった。

「テレパシーの謎を解明できないまま、解散とはね……」

粕渕研究員がつぶやくと、金井オペレータが大声を出した。

「テレパシーはおろか、室長が言っていた心の謎も、自分の謎も解けていない。私だって、それが知りたくてここまでやってきたのに……」

テーブルをたたく彼女に、空歩が声をかけていた。

「脳内をかけめぐる電気信号は、ピークでもたかだか数十ミリボルトぐらいらしいよ。どれほど悲しくったって、乾電池一個分にさえ、遠く及ばないんだ。それっぽっちの信号で大騒ぎすることはないんじゃないの？　たいした意味なんてないんだから」

僕はその話を以前、空歩から聞いた記憶があった。彼女自身、そんなふうにして時折自分を励ましているのかもしれない。

金井オペレータは酒のせいもあってか、空歩の説得では納得できなかったようだ。

「私の悲しみなんて、たいしたことない。たかが数十ミリボルトの脳内信号。それぐらい、言われなくても分かってる。私を誰だと思ってるの……。それでも、みんなと会えなくなるのが辛くてどうしようもない。どうしたらいいか、自分でも分からないのよ……」

金井オペレータは涙目になりながら、焼酎《しょうちゅう》を飲んでいた。彼女は意外と、酒癖が悪かったようである。この数か月でスタッフたちとは大分《だいぶ》親しくなれた気がしていたが、まだまだ知らないことは多いようだ。

僕だって、みんなと別れるのは名残惜《なごりお》しくて仕方ない。特に、桜蘭とは……。しばらく彼女とは会えていない。いよいよ終わりが近いのだから、せめて彼女に直接会って、自分の気持ちをちゃんと伝えておきたいと思うのだが……。

「よ、一人相撲《ずもう》」空歩が僕に声をかけた。「また桜蘭のことを考えてたの？　来たのがあたしで、お生憎《あいにく》さまだったね」

彼女にからかわれた僕は、思わずつぶやいた。

「やっぱりあれは、正夢だったんだ……」

「何の話？」と、彼女がたずねた。

「この前見た夢のことさ。こんな居酒屋にお前がいて、僕のことを馬鹿にするんだ」

「へえ」興味深そうに、彼女が僕を見た。「そういえば、あたしもあんたの夢を見たよ。あんたが、桜蘭かと思って近づいてくるんだけど、あたしだったので、思いっきりがっかりしている夢さ」

「僕の夢も、最初はそうだった。桜蘭かと思ったら、お前だった」

「それであたしが、『よ、不発弾』て言ったら、あんたがムッとするんだ」

空歩が愉快そうに笑う。

「そうそう、それでお前が僕の股間を指さして言うんだ」

僕の声に、彼女の声が重なる。

「信管が錆びてる……」

空歩は口をとがらせた。

「何だか気味悪いね。細かいところまで、よく似てるじゃん……」

「その夢、いつごろ見たんだ?」と、僕は聞いた。

「さあ、二週間ほど前かな」

「ひょっとして、僕たち二人が被験者になって実験した日じゃないか?」

「そう、その夜だったかもしんない」

だとすると僕と空歩は、同じ晩に、同じ夢を見ていたことになる。

「おい、その前はどうだ? やっぱり僕とお前がペアで実験した日があっただろう」

「そんな……。いきなり夢の話をされても、思い出せるわけがないでしょ」

「いや……、僕は何となく覚えている。確か、どこかの部屋で、玩具を並べて街を作っている夢だったと思う。コミュニケータ実験を始めたばかりのころだ。自分の経験にはない変な夢だったんで、辛《かろ》うじて覚えている」

「それ、あんたの経験になくても、あたしにはある」と、空歩は言った。

「どういうことだ?」

「箱庭療法ってやつさ。あたしたち、セラピーでやらされたことがある。それがときどき、いろいろと形を変えて夢に出てくるんだ。箱庭療法で作った街に、自分が入り込んだりとかね。確かあの晩も、そんな夢を……」

「僕もだ。その街の片隅に、たたずんでいた」

僕は空歩と顔を見合わせた。

どうやら僕たちは、夢の中で交信し合っていたようなのだ……。

「なるほど……」

僕たちの話を聞いていた神田医師が、うなずいた。

「コミュニケータはいくらテストしても結果が出なかったけど、覚醒《かくせい》時と睡眠時では脳の活動も大きく異なる。ひょっとして無意識レベルでは、ある程度のコミュニケーションがなされていたかもしれないわね」

「無意識でつながったかすかなサインが、夢の形になって現れていたと？」

そうつぶやく僕を見て、粕渕研究員が首をかしげていた。

「トレーサーの効果があるとされる時間枠から幾分経過しているようなので断言できないけど、意識下では相手の量子情報を感じ取っていた可能性はある」

金井オペレータが大きな声で言う。

「じゃあ、トレーサーの効果が最大限期待できる時間枠を狙って、睡眠状態で再実験してみれば……」

「そうだな」倉戸技師はしきりにうなずいていた。「今度はその時間帯に、被験者には眠っていてもらおう」

「同等の状態であれば、催眠状態でもかまわないと思う」と、神田医師が言う。「いずれにせよ、やってみる価値はあるかも……」

翌日、操作室に集まった僕たちは、室長と主任に昨日の話を伝えて、追加のコミュニケータ実験を提案した。

被験者が睡眠状態であれば、ＥＳＰカードを見せたり指示に従わせたりするわけにはいかない。実験は、二人の被験者の脳内をビュアで観察および比較し、相手の心が反映されているかどうかを調べることになる。

「トレーサーの効果は微々たるものかもしれず、得られるイメージのほとんどは、被験者の脳内で作り出されているはず」と、神田医師が言う。「それこそ、夢と同じなわけ。だから両者の共通点や、そこに込められているかもしれない何らかのメッセージを理解するには、夢判断のような手法が求められると思う。ただし夢判断というのは、人によって解釈が分かれる場合がある。ビュアの映像が不確実だと、私たちがコミュニケータの効果だと主張しても、反論する人が出てくるかもしれない」

「仙道先生がいてくれると助かるんだが」そうつぶやいた後、室長は顔を上げた。「とにかく、やってみよう」

「いずれ無意識レベルでのコミュニケータ効果が、意識にまでのぼってくれればいいんだけどね」

堀尾主任がそうつぶやくと、神田医師が首をひねった。

「だからといって、ナノマシンを増量するのはＮＧですから。それ以前に、無意識と無意識がつながり合うことに対して、私たちは細心の注意を払う必要がある」

「どういうことですか？」と、僕は聞いた。

「場合によってはより深い無意識——集合的無意識にもつながるかもしれないからよ」

「集合的……無意識？」

「心理学者のユングが提唱したとされる概念ね。個人のレベルを超えて存在すると考えられる領域、とでもいうか……。もしそんなものにまでつながり合うと、被験者の心がまったくどこへ行くか分からなくなるかもしれない。またその領域に踏み込めば、本当に軍事利用される危険性も生じてくるかもしれない」

神田医師は、一度唾を呑み込んで続けた。

「マインド・マスコントローラよ。無意識の深い領域での操作がもし可能になれば、そこから人への憎しみや、疑念をいだき合うよう送信することもできるかもしれないでしょ」

「考え過ぎでは？」と、倉戸技師が言う。「少なくとも我々の実験では、そうならないように注意しましょう」

筑紫室長が軽くうなずいた後、話し始めた。

「とにかくトレーサーの効果が出る時間帯に、今回被験者には眠っておいてもらい、それで脳内イメージを調べよう。できれば仙道先生にも協力していただいて、夢判断のノウハウを導入し、イメージの接点を探していく。また被験者には覚醒後、別々に自分の見た夢について語ってもらおう」

「被験者は？」と、神田医師がたずねる。

「仮説が正しければ、テレパシストでなくても効果は得られるはずだが、第一候補は、夢の相性が良さそうな空歩と出島君ではどうかな。空歩の方は、彼女自身のテレパス能力が無意識に影響していることも考えられるが、出島君の方から何か得られれば、ほぼコミュニケータの効果と考えていいかもしれない。もし実験日に彼女が空歩でなく桜蘭だったときには、やむを得ない。桜蘭に頼むしかないだろう」

「彼女にもメールしておきます」空歩はそう言うと、僕を横目で見た。「夢の中にまでレンに入ってこられるのは嫌だけど、研究のためなら我慢する。それで実験日は？」

「早い方がいいだろう。来週の月曜はどうかな？」

カレンダーに目をやりながら、堀尾主任が答えた。

「十二月八日ですよね。モバイルの搬出予定日だから、スタッフたちは旭星製作所との引《ひ》き継《つ》ぎとかで一日中バタバタしていると思います」

「じゃあ、九日の火曜日は？　この実験室でできるだろう」

主任が軽くうなずく。

「ええ。実験室だって、いつまで使えるかは分かりませんが……」

「次の実験で何も得られなかったら、本当に私たちは終わりかもしれない……」

金井オペレータが、実験室に目をやりながらつぶやいていた。

第三章　政治

1

十二月八日の月曜日、僕たちは朝から、研究室の撤収準備を始めていた。気は重かったが、久々に桜蘭が来てくれていたのは、僕にとってせめてものなぐさめと言えるかもしれない。

今日は午前中に、モバイル・ビュアを旭星製作所へ引き渡す予定である。モバイルは操作室からのネットを介《かい》したサポートが不可欠で、単独では使えないのだが、先方の強い要望により、仕様書一式を添付して先に納めることになったのだ。

引き渡しに際して、倉戸技師ら技術スタッフは先方まで同行しなくていいという。機器の取り扱いについての説明の機会は、後日改めて設けられる。おそらく、先に旭星だけでビュアのメカニズムを調査・解析する気ではないかと、僕は思った。

一方で僕たちは、最後になるかもしれない翌日のマインド・コミュニケータの実験準備を始めていた。

午前十時ごろ、旭星製作所の社員が、守衛室での手続きを済ませて研究室にやってきた。橘川《きつかわ》貴史《たかし》という二十代後半の男で、旭星の作業服を着ている。

「今日はよろしくお願いします」

彼は帽子を取り、笑顔で挨拶《あいさつ》した。

彼を恨《うら》んでも仕方ないことは、僕もよく分かっていた。開発部に所属しているらしいから、いずれ倉戸技師の同僚になる人物だ。

僕たちは駐車場へ下り、彼にモバイル・ビュアを確認してもらった。

倉戸技師が彼にトラックの鍵《かぎ》を渡した後、後部の扉を開けて言う。

「モバイル・ビュアはコンピュータによるサポートがないと、単独では使えませんよ」

「まだその必要はありません。当面は移動させておくだけですから。ドライブ・サポートを含めて、ネットはオフラインにしておきましょう」

橘川社員は運転席に座ると、車のネット接続を切った。

僕たちが名残《なごり》を惜《お》しむ間もなく、橘川社員を乗せたモバイルは、先端脳科学研究所の駐車場を出ていった。


僕が桜蘭やスタッフたちとの昼食から戻ってきて、操作室の資料整理を再開したとき、旭星製作所の開発部から連絡が入った。

モバイル・ビュアが、まだ到着しないというクレームだった。

電話に出た金井オペレータは、「午前中にもう出ましたけど」と、愛想《あいそ》のない返答をした。

旭星によれば、運転していた橘川社員と連絡が取れず、ＧＰＳでも居場所を突きとめられないという。

どうやら旭星サイドでは、彼らの研究を妨害《ぼうがい》するため、僕たちが車を隠していると疑っているようだった。

「いえ、そんなことはありません。こちらでも調べてみます」

金井オペレータは、そう言って一旦、電話を切った。

倉戸技師が、試しに自分のスマートフォンでモバイル・ビュアにアクセスしようとしたが、やはりつながらない。

「どこへ行ったんだろうな……」

「何が起きてるの？」

堀尾主任が、筑紫室長にたずねた。

「いや、分からない」

「渋滞に巻き込まれたのか、あるいは事故か」

粕渕研究員がつぶやくと、室長は首をふった。

「単純なトラブルなら、どこかから連絡があってもおかしくはない。他に考えられる事態は……」

僕は、ひらめいたことを口にした。

「あるいは、盗まれたか」

「盗まれた？」と、桜蘭が驚いたようにくり返した。

「ああ、ドライバーが休憩中に偶然窃盗犯《せっとうはん》に狙《ねら》われたか、あるいはモバイルに僕たちの研究成果が詰め込まれていることを知った上で、狙った奴《やつ》がいたのでは？」

「誰がそんなことを？」

「少なくとも、旭星製作所じゃないことは確かね」と、神田医師が言う。「その背後にいる防装庁でもない。彼らにしてみれば、もうビュアを手にしたのも同然だったんだから」

「第三者による犯行は、考えられないことじゃない」僕はあごに手をあてた。「国際シンポジウムに出ていた連中の多くは、ビュアに興味を示していましたからね。たとえばゲーム機メーカーとか、経営コンサルタントとか。その中の誰かが、トラックのドライバーを襲って……」

「国内でそんな大胆なことをやっても、すぐに足がつくんじゃない？」

「そういえば、警察だってビュアを欲しがっていた」

「警察が盗んだというの？　話にならないわね」神田医師の表情から、次第に笑顔が消えていく。「ビュアが防装庁の手に渡るのをくい止め、なおかつ自分たちのものにしたい一派なら、私にも思い当たらないことはない」

「誰ですか？」と、僕は聞いた。

「分からないの？　防装庁だけじゃない。日本や同盟国にも、ビュアの技術を使わせたくない連中」

僕はしばらく考えた後、「まさか、国際スパイ？」とつぶやいた。

それを聞いた神田医師が、うなずいている。

「どこの国かまでは分からないけど、国際シンポジウムに出席していた可能性はある。似たような研究はやっていても、私たちのビュアほどうまくいっていなかったのかもしれない」

「たとえそうだとしても、盗んでからどうするつもりなんでしょうね？」

「当然、研究するでしょう。国内だと見つかるおそれがあるから、なるべく早く国外へ運び出そうとするかもしれない」

「あんなにデカいトラックを、どうやって？」

「いくつかのパーツに解体することも考えられる。いずれにせよ、国外に持ち出すとすれば船じゃないかな。目的地に到着し、ビュアの解明が進めば、当然、軍事目的で利用される」

「防装庁が関係しているのに、そう易々《やすやす》と……」

「だからこの国の平和ボケには、つける薬がないのよ。ぬけぬけとスパイにつけ込まれている」

「まだそうと決まったわけじゃない」と、室長が言う。「私たちも、機密事項についての認識が甘かったことは反省しないといけない。ただし事態の解明も含めて、今は後回しだ。何よりビュアをめぐる情報の流出は、防がないといけない」

そして室長は、旭星製作所には必要に応じてこちらの状況を伝えるよう、堀尾主任に指示した。

彼女はうなずきながら、「警察まで疑いだしたらきりがないけど、警察にも連絡しておいた方がいいでしょうね」と答えた。

「じゃあ、僕たちも捜《さが》しましょう」

僕がそう言うと、倉戸技師が首をひねった。

「捜すって、どこを？　おそらく、ナンバープレートなんかは真っ先に付け替えられているんじゃないか？　どこかの組織がらみなら、トラックの外見だってすでに偽装されているかもしれない」

実験室のマインド・ビュアを見つめながら、僕はつぶやいた。

「ここに武藤がいてくれたらなあ……」

いや、この際、空歩でもかまわない。彼らの能力なら、何らかの手がかりを見つけてくれるかもしれないのだ。

けれども武藤は、あのトラブルがあった日以来、もうここへは来なくなった。

実光姉妹も、今日は空歩ではなく、桜蘭の方だった。あいつ、余計なときに出てくるくせに、肝心《かんじん》なときにいなくなりやがる。

桜蘭を見つめていた僕は、ふと、可能性がないわけではないと思った。空歩と無意識でつながっているのなら、ひょっとして桜蘭にも何らかの潜在能力が……。

僕は彼女に話しかけてみた。

「桜蘭、君ならモバイルの現在位置とか、スパイのアジトとかを透視できるんじゃないのか?」

彼女は首をふり、小さな声で答えた。

「それは空歩じゃないと……。私には無理」

「何か感じないか?　モバイルには、君も乗ったことがあるだろ?」

「そんな……。私、猟犬じゃないのに……」彼女は急に、頭に手をあてた。「いや、でも待って……」

「どうした?　何かが見えるのか?」

こっくりと、彼女がうなずく。

「場所はどこだ?　分かるように説明してくれないか」

神田医師が、あきれたように僕を止めた。

「そんなふうに矢継《やつ》ぎ早《ばや》に聞かれても、うまく言えるわけがないじゃないの。あんた、今までここで、何をやってきたのよ」

「じゃあ、ビュアへ」と、金井オペレータがうながす。

すぐに倉戸技師が、実験室まで桜蘭を連れていくと、ビュアのセッティングを開始した。

他のスタッフたちもそれぞれ自分の持ち場について、二セットあるビュアのうちの一機を起動させた。

金井オペレータが、ディスプレイの映像をオンにする。

それを見た神田医師が、「まるで箱庭ね」と、つぶやいた。

箱庭よりは、幾分《いくぶん》ディテールがはっきりしていると僕は思った。

海を望む山裾《やますそ》に、耕作放棄地が点在している。その一角が塀《へい》に囲まれていて、中は廃品置き場か何かになっているようだ。貸し倉庫にあるようなコンテナも、いくつか並んでいる……。

ディスプレイには、異なったサイズやアングルの映像が現れ続けていたが、それらの要素はほぼ共通していると言ってよかった。

「桜蘭のテレパス能力が本格的に発現した可能性は、否定できないわね」

ディスプレイを見ながら、神田医師が言う。

金井オペレータは、そうした映像の断片をピックアップし、キーワードと画像の両面から検索ソフトにかけていた。それによって得られた数枚の写真を、ビュアに据《す》えつけられているディスプレイで桜蘭に見せ、彼女の反応を確かめながら場所を絞《しぼ》り込むという作業をくり返す。

しばらくして金井オペレータは作業の手を止め、桜蘭にも休むよう指示した。

「いくつか候補は挙げられるけど、彼女のイメージにもっとも近いものは……」

金井オペレータが、ディスプレイにストリートビューの映像と地図を同時に映し出す。

僕はディスプレイに顔を近づけ、地図の方に表示されている文字を読み上げた。

「佐越興産《さごしこうさん》？」

金井オペレータが、ゆっくりとうなずく。

「産業廃棄物の処理業者ね。産廃を収集し、分別、再処理をするなどして、国内外に送り出している」

「怪しいと言えば怪しい……」と、僕はつぶやいた。

ディスプレイの地図を指さしながら、金井オペレータが言う。

「高速道路の出入り口からも港からも、比較的、近いところにある」

「じゃあ早速、警察に……」

そう言う僕を、堀尾主任がとめた。

「ちょっと待って。テレパシーが手がかりですと言って、警察に捜査を頼めるわけがない」

金井オペレータも主任に賛成していた。

「私たちが見逃していたのかもしれないけど、これは今までの桜蘭には見られなかった反応だし、手放しで信じているわけじゃない。それに警察自体が窃盗にかかわっていないという確証もないわけでしょ？」

「けれども、急がないと……」

焦っている様子の僕を、室長が見つめている。

「まあこっちとしても、せっかくの手がかりを無視したくはないし、旭星製作所からのあらぬ疑いは晴らしておきたい」

「とにかく、行ってみます」

僕は室長に申し出た。

「私も」と、桜蘭が言う。「これは私の描いたイメージなんだし、自分の目で確かめてみたい」

「じゃあ、そうしてもらうか」室長が、僕たち二人の肩に手をあてた。「私たちは、ここでサポートしよう。私の車を使うといい」

車の鍵を受け取り、操作室を出ようとする僕たちに、彼は声をかけた。

「連絡はするように。連絡がなければ、君らのことも捜査しないといけなくなるからな」

思いもかけず、桜蘭とドライブデートができることになったが、そんなことを言っている場合ではない。

駐車場に下りた僕たちは、筑紫室長の黒いワンボックス・カーに乗り込んだ。そしてカーナビに、目的地を入力する。

出発してすぐ、「高速道路を走るの？」と、桜蘭が聞いた。

それは一瞬、僕も迷ったことだった。追跡を逃れるために、連中が一般道を走っていることは十分考えられるわけである。

「目的地が読めてるんなら、高速を使おう」と、僕は答えた。「こっちの出発が遅れた分を、取り戻さないと」

「あ……」

意を決した僕は、カーナビの指示通り高速道路に入り、車のスピードを上げた。

都市部を抜けたあたりで、僕は思わず声をあげた。

「どうしたの？」と、桜蘭がたずねる。「何か忘れ物？」

「今ごろ気づくのもおかしいけど、相手が国際スパイならモバイル略奪の他に、何か破壊工作を企《くわだ》てたりしないだろうかと思って」

「そこまでは思い浮かばなかったけど、あり得る話ね。用心するよう、室長たちに連絡しておいた方がいいかもしれない」

彼女は早速スマホを取り出すと、メールを打ち始めていた。

大きな渋滞にも引っかからず、三時間ほどで高速を下りる。カーナビの案内に従って、国道から細い市道へと車を進めていった。

いくつかの耕作放棄地を左右に見ながら走り続け、桜蘭のイメージに酷似《こくじ》した場所をようやく見つける。

泥のついた高さ三メートルぐらいの白い塀が、周囲を取り囲んでいた。塀の上からはみ出るようにして、積み上げられたコンテナや大型クレーンが見えている。

「あれじゃないのか?」

白い塀が取り囲む一角を指さしながら、僕は桜蘭にたずねた。

「ええ、間違いないと思う。頭に浮かんだ景色が本当に存在していたなんて、自分でも不思議……」

それこそまさにテレパシーのなせる業《わざ》なのだろうと、僕は思った。

「どうする?」

「取りあえず、着いたことを室長たちにメールしておくわ」

車の中から『佐越興産』の看板やプレハブ二階建ての事務所を確かめた後、正門前を通り過ぎ、角を曲がったところに車をとめる。

僕は、メールを送信し終えた彼女に言った。

「車の中にいても、何も分からない。中を覗《のぞ》けるところがないか、探してみる」

「じゃあ、私も……」

桜蘭がそう言うので、僕は彼女と一緒に、車を降りた。

西の空を見ると、夕焼けで野山が赤く染まり始めていた。

2

周囲に人影はなく、内部の様子が見られそうなところも、やはり正門付近しかなさそうだった。僕たちは塀沿いに、正門に向かって歩き出す。

高い塀を見上げながら、こんなところが本当にスパイのアジトなのだろうかと、僕は思っていた。ありふれた産廃施設にしか見えないのだが……。

塀に体を隠すようにしながら、正門から中をのぞき込んでみる。いつの間にか自分がスパイの真似事《まねごと》をしていることに、僕はちょっと不思議な気分を味わっていた。

プレハブの建物に明かりがついている。誰かがいるのは確かに思えた。けれどもモバイル・ビュアらしきものは見当たらず、それ以上のことは、ここからでは分からない。かといって侵入すれば、見つかるのはほぼ間違いないだろう。

室長に連絡しようかと思案していたとき、プレハブの社屋から、一人の男がこっちへ向かってくるのが見えた。三十代ぐらいで、グレーのつなぎ服を着ている。

逃げるとかえって怪しまれると思い、二人ともその場でじっとしていた。

「こんにちは」男は笑顔で話しかけてきた。「何かご用ですか?」

僕は頭に手をあてた。

「いや、用というほどでも……」

「関係者以外で、こんなところまで来られる方は珍しいですよ」

しかしここで、帰るわけにもいかない。一《いち》か八《ばち》か、僕は彼に聞いてみた。

「あの、トラックを見かけませんでしたか？　僕たち、保冷車みたいなトラックを捜しているんですけど……」

男はきょとんとした顔で、僕たちを見ている。

不審に思われても仕方ないと、僕は思った。ここがまったく無関係だったとすれば、僕の話はすぐに理解してもらえるような用件ではなかったのだから。

彼がしばらくして、「立ち話も何ですから、中でお話をおうかがいしましょうか」と言う。

僕は、桜蘭と顔を見合わせた。

躊躇《ちゅうちょ》しないわけではなかったが、何かあれば室長たちが何とかしてくれると思い、決心する。

男の後ろについてプレハブへ向かいながら、僕は周囲の様子をうかがい、モバイル・ビュアを捜した。

しばらくすると、桜蘭が急に小さな声で「あ、あれ……」とつぶやいた。

彼女が指さす方に目をやった僕は、コンテナの手前あたりに、すでに荷台が取り外されたトラックをようやく見つけることができた。やはりここで解体し、他の廃品に紛れ込ませる形で国外へ運び出すつもりだったのかもしれない。

僕の疑念に気づいているのかいないのか、ここまで案内してくれた男は、僕をじっとにらみつけていた。

そのとき、解体されたトラックのあたりから、一人の男が僕たちの方へ向かって歩いてきた。

二十代後半で、その顔は僕もまだ覚えていた。確か名前は、橘川だったと思う。先端脳科学研究所を出発したときと同じ、旭星製作所の作業服を着ている。

彼は僕たちの前まで来ると、微笑《ほほえ》みながらいきなり、「その通りだ」と言った。

「何年も前から旭星製作所に潜入して、防装庁の動向などを探るよう命じられていた」

「それでビュアを？」と、僕は聞いた。

橋川がうなずいている。

「設計図を盗んでも、組み上げて使い物になるまで、何年もかかってしまう。現物をいただいた方が手っ取り早い」

彼は、解体中のモバイル・ビュアの方へ僕たちを案内した。

「コンテナに積み込んでしまうと、ビュアの確認ができなくなる。どうぞ今のうちに……」

コンテナの手前にあるトラックの荷台を、橋川が開ける。中は暗かったが、椅子《いす》やヘッドギア、ディスプレイなど、ビュア一式が使用可能な状態で置かれたままになっていた。

それより驚いたのは、椅子に座っていた男が、こっちを見た瞬間だ。

僕の隣で、桜蘭がつぶやいた。

「武藤君……」


暗がりから出てきたのは、間違いなく彼だった。

「どうして君が、ここに？」僕は彼に聞いた。「こいつらに捕まったのか？」

しかし武藤は、返事をしない。

馬鹿にしたような顔で横を向いている橋川を見て、僕はようやく気づいた。

「まさか、君も一味なのか？」

微笑んでいるだけの武藤に、僕は詰め寄った。

「何で、こんなことを？」

「ここにいても、何も改善しないからだ」彼は大声で答えた。「自分への迫害も、自分の状況も。俺に降り注いでくるのは、妬《ねた》みや憎しみ、怒りなど、見たくもない人の心ばかりだ。こんなところにどっぷり浸《つ》かっていると、気が狂いそうになる。セラピーでも改善しない。どんな手を使ってでも抜け出したかったんだ」

僕はうなり声をあげながら、彼の言葉を聞いていた。

もしそれが武藤の本心だとすると、この前のコミュニケータ実験で彼が失神したのは、ディスプレイに何も映したくないために彼が意識的に心を閉ざしたためかもしれない。

「この連中は、ビュアの技術を盗もうとしている」僕は橘川を指さした。「それは新たな脅威にもなりかねない」

「君の言いたいことは分かる。俺を誰だと思ってるんだ」と、武藤が言う。

その通りだった。テレパシストの武藤には、相手の腹の中もお見通しだったはずである。

彼がつぶやくように、こう続けた。

「それで復讐《ふくしゅう》もできるんなら、御《おん》の字《じ》じゃないか」

どうやら彼は、自分をいじめてきた社会に対して、いまだに敵意をいだいているようだ。

「このまま言いなりになっていたら、人間同士の醜《みにく》い争いに巻き込まれてしまうことになるぞ」

「人間がそういう生き物なら、仕方ないだろ。むしろとことんやってもらった方が、スッキリする」

僕は、彼の中にある何らかの破滅願望のようなものを感じていた。

「そもそも君は、どうして彼らと？　君を引きずり込んだのは誰なんだ？」

ここにいる橘川なのかとも思ったが、この男に武藤の心を動かすだけの力があったのかどうか、僕には疑問だった。

彼の返事を待っていたとき、背後に人の気配を感じた。

「危ない」という、桜蘭の声が聞こえたような気がする。

次の瞬間、僕は後頭部に鈍《にぶ》い痛みを感じ、そのまま倒れてしまった。

3

意識を取り戻したものの、あたりは真っ暗で、自分がどこにいるのか分からない。両手両足は縛られていて、身動きもできなかった。

ただ床の質感からして、さっきのコンテナの中に閉じ込められているのではないかと思った。床からは短い周期の振動や、ゆるやかな上下の揺れも伝わってくる……。

僕の頭に、最悪の状況が浮かんできた。ビュアと一緒にコンテナに積み込まれたまま、船積みされてどこかに運ばれているのだ。

足で周囲の様子を探っていたとき、コンテナの扉が開いた。その一角が明るくなったが、眩《まぶ》しさはない。

外は夜のようだった。しっかりと波の音が聞こえるので、やはり海の上にいるらしい。

僕は、すぐ近くで同じように縛られ気を失っている桜蘭を見つけた。

「桜蘭」

僕は彼女の名前を呼びながら、自分の体をぶつけて目を覚まさせた。

「レン君……」

周囲を見回していた彼女は、すぐに扉の方に目をやる。

誰かが、僕たちに近づいてくる。若い男のようだ。

彼は腰を下ろすと、僕の体を起こした。

「久しぶりだな」

そう言われても、暗いせいもあって、僕は彼の顔を思い出せずにいた。

「覚えてないのか？」と、彼がたずねる。「研究室で一度、会ったことがあるだろう」

それでようやく気がついた。モニター募集の説明会で、僕と同じエレベータに乗り合わせ、会場では一緒に説明を聞いていた男だ。下の名前までは思い出せないが、名字は確か、山田だったと思う。

「ひょっとして、あんたも……」

僕がそうつぶやくと、彼は微笑みを浮かべて言った。

「工作員なんて、ウヨウヨいる。驚くことじゃない」

山田が、僕らの足を縛っていたロープをほどき、二人を立ち上がらせる。

「どうせ逃げられない」と、彼がつぶやく。

手は体の正面に縛りつけた状態のままで、彼は僕たちをコンテナから出した。

ポケットを上から探ってみたが、携帯などの所持品はすべて奪われているようだ。

僕はデッキから、夜の海に目をやった。

風が強く、波が高い。あたりに島影は見えず、自分がどのあたりにいるのかはまったく分からなかった。

船首方向に歩くよう、山田が僕たちをうながす。

さっきから桜蘭は、辛《かろ》うじて動く指で僕の腕をつかもうとしている。

ハッチから船室の廊下に入ると、そこに橘川が立っていた。

「到着まで時間がある。ちょっと話をしないか？　君らも聞きたいことがあるだろう」

廊下を先に歩き出した橘川に、僕は言った。

「今ごろはもう、うちの研究室と旭星製作所が警察に連絡して、捜査が始まっているはずだ」

「自動船舶識別装置《AIS》は切ってある。おそらくもう手遅れだ」

彼がそれ以上答えようとしないので、僕は他のことを聞いてみた。

「この船は？」

すると彼が、自慢げにふり返った。

「いい船だろう。ＲＯＲＯ《ローロー》船と言ってな。〝ロールオン・ロールオフ〟の略で、貨物や車が積める」

「あんたらのモバイル・ビュアだけじゃない」後ろにいる山田が補足する。「もっとヤバいのも積んでいる。乗組員は、俺を入れて十名そこそこ。全長約百メートルで、総トン数は約三千トン。ＲＯＲＯ船のなかでは、そう大きな船じゃない」

「船の種類とかじゃない。どこへ向かってるか聞いてるんだ」

僕が大声を出すと、橘川は笑いながら答えた。

「そんなに焦るな。着けば分かる」

橘川は僕たちを、レクリエーション・ルームに通した。壁にはテレビが据えつけられていて、小さな二つのテーブルを取り囲むように、椅子が四つずつ並んでいる。

その椅子の一つに、武藤が腰かけていた。

僕と桜蘭は、彼と同じテーブルに座った。

「説得は無駄だからな」と、武藤が言う。「もう引き返せない。むしろ君らを説得しないと」

「他に選択肢はなかったのか？　何も、彼らの言うことを聞かなくても……」

僕は自分の気持ちとは裏腹に、なるべく声量は上げないよう注意しながら彼と話した。

「彼らは関係ない。俺は、自分の意思で来たんだ。それに俺を説得したのは、彼らじゃない」

武藤が、ドアの方向に目をやった。

誰かが入ってくる気配に気づき、僕がふり向く。

無表情な彼と目が合った僕は、思わず声をあげた。

「仙道先生……」

桜蘭も驚いた様子で、自分のセラピストだった彼を見つめている。

ゆっくりと部屋に入ってきた彼は、椅子に腰かけた。

一方、山田と橘川の二人は、操舵室《そうだしつ》へ行くと言って立ち去っていった。

仙道先生が、武藤に言う。

「そうピリピリするな。今は心を休めておけ」

僕は彼に詰め寄った。

「まさか先生、武藤をマインド・コントロールしたのでは？」

「そんな大げさなものじゃない」と言って、彼が微笑む。「まあ、『理想郷に行ける』ぐらいのことは言ったかもしれないがな。基本的には彼が自分で言った通り、彼の意思で来た。私はただ、助言をしただけだ。おかげで、当面欲しかったものは手に入った。ピュアに関するデータのほとんどはすでに入手していたが、現物が欲しかったんだ」

「仙道先生とここで会うとは……」

僕はため息をもらした後、桜蘭にたずねた。

「君は知っていたのか?」

彼女が黙ったまま、首をふった。

「桜蘭は何も知らない」と、先生が言う。

「お願いします。せめて桜蘭だけでも帰してやってくれませんか?」

僕は先生に訴えた。

「心配しなくても、殺すつもりはない。マシンだけじゃなく、テレパシストも欲しいからな」彼は僕に顔を近づけた。「そもそも君たちは、どうやってあの処理場の存在を突き止めたんだ?」

「それは、桜蘭のテレパシーで……」

僕は彼女と顔を見合わせた。

「だろうな。しかしどうしてあの場所が、突然彼女にイメージできたと思う? 桜蘭単独では、まだそこまでの能力はなかったはずだ」

仙道先生に言われて、僕はようやく気づいた。

「桜蘭のテレパシーは、武藤の誘導だった?」

先生は武藤を見て、微笑んでいる。

「受信能力に比べて、武藤が送信能力に乏《とぼ》しいというのも、実は偽装だった。いざというときのために抑えておくよう、私が指示していたんだ」

「僕たちを呼び込むために、その能力を使った……」

「ちょっと違うな」と、先生が言う。

桜蘭は小さな声でたずねた。

「ひょっとして、空歩の方ですか?」

仙道先生がうなずく。

「空歩の能力には、私も期待している。実は私たちの計画について、空歩には武藤から話をした。空歩と一緒に行きたいというのは、彼の希望でもあったからな」

「それで、空歩は?」と、僕はたずねた。

「彼女は迷っていた。武藤にはついていってもいいが、桜蘭を連れていくわけにもいかないと言ってな。そうこうしているうちに、決行の日が迫ってくる。しかも決行当日に発現していたのは、桜蘭の方だった」

「だから武藤に誘導させて、誘拐《ゆうかい》を?」

「桜蘭と同じく、君の可能性も未知だが、日本に置いておくわけにもいかないだろう」

「誘拐しなくても、もうちょっとましな方法はあったでしょう。マインド・コミュニケータの研究だって、まだ途中だったのに」

「コミュニケータには、我々は期待していない。実験だって、もう続けられなくなっていたじゃないか」

武藤が首をふり、「いや……」と、つぶやいた。

ひょっとして彼は僕たちの心を読み、コミュニケータの有用性に気づいているのかもしれない。

「そうだったな」と、仙道先生が言う。「確かに無意識レベルでの交信に、何らかの糸口があったことは否定できない」

どうやら仙道先生も、すでに武藤からその報告を受けていたようだ。

「知っていたんですか?」と、僕は先生に聞いた。

「ああ。しかしそれは証明されていないし、仮にそうだとしても我々の意図通りに使えるようになるまでには、相当な時間と労力が必要になるだろう。一方、ピュアには我々が期待する即戦力がある。君たちテレパシストにもな。そうした成果を、先に持ち出しておきたかった」

僕は縛られたままの拳《こぶし》でテーブルをたたいた。

「先生たちのやり方は間違っている」

「何をほざいても、もう届かない」先生は微笑みを浮かべながら言った。「公海に抜けさえすれば、こっちのものだ」

4

そのとき、橘川が部屋にかけ込んできた。

未確認の船が近づいてくるという。

この部屋に放ったままにしておけないので、僕たちは両手を縛られたまま、一緒に操舵室へ行くよう彼らにうながされた。

操舵室には橘川の他に、船長や操舵士ら数名の乗組員が集まっている。

彼らが交わしているのは、日本語ではなかった。何を話しているのか分からなかったが、山田や橘川のやりとりなら聞き取れた。

「海上保安庁の巡視艇《じゅんしてい》じゃないか？」

山田がそう言うと、橘川は舌打ちをしていた。

「逃げ切れるはずだったのに……」

操舵士は、船の速度を上げたようだった。

「ビュアを国外に持ち出されると、防装庁の面子《メンツ》にかかわる」と、仙道先生がつぶやく。「それで海上保安庁も迅速《じんそく》に動いたのかもしれない。しかし何とか公海まで逃げ切れれば、援護してもらえる」

「援護？」と、僕は聞き返した。

「ああ。我々の駆逐艦《くちくかん》が待機してくれているはずだ」

山田が操舵室の隅にあったバッグを開け、手の空いている船員たちに、機銃のようなものを渡してまわった。

その様子を不安そうに見つめる僕や桜蘭に、仙道先生が言う。

「どんな手を使ってでも、逃げ切ってみせる」

「それはどうでしょう」僕は先生に反論した。「防装庁がらみなら、この周辺の海域で急激な配置変更《シフトチェンジ》が進行しているに違いない。潜水艦だって、ヘリコプターだって……」

「やかましい」

彼はいら立たしそうに、僕を怒鳴《どな》りつける。

そして武藤の方を向き「君も用意をしておくように」と、指示をした。

先生を見つめる武藤は、黙ったままうなずいている。

その間にも船との距離は縮まり続け、ついに操舵室からも船影が確認できた。全長三十メートルぐらいの、高速巡視艇だった。

スピーカーから、数種類の言語でくり返し停船命令が発せられている。それは波音やエンジン音より大音量であるにもかかわらず、船員たちに応じる気配はなかった。

スピードに勝《まさ》る巡視艇が、こちらの針路をさえぎるように動く。

船首に記された〝みずくも〟という文字を、その際に読み取ることができた。

ヘルメットをかぶりライフジャケットを着用している巡視艇の海上保安官らと、甲板《かんぱん》上に出た数名の船員たちがにらみ合いを始めている。

「もう、これまででは？」

僕は仙道先生に言った。

それでも彼らは、あきらめようとしない。大きさで勝る船を衝突させて、無理矢理《むりやり》進もうとしているようだった。

「馬鹿なことを……。対応に注意しないと、不測の事態に発展しかねない。今すぐ投降すべきです」

僕がそう言うと、山田は肩にかけた機銃に触れた。

「いざとなれば、これを使う」

「海上保安庁だってそれぐらい携行しているし、いざとなれば催涙弾《さいるいだん》か、さらに有効な対抗措置《そち》を講じるはずです。突入はもう、時間の問題ですよ」

「そうなる前に、あんたらを人質に立てこもる」と、彼は言う。

「同盟国が荷担《かたん》する事態になれば、きっと人質に関係なく攻撃されます」

そのとき、巡視艇がこちらへ向けて接舷《せつげん》する作業を開始した。

それを見た仙道先生と武藤は、操舵室を出ていく。

山田が銃を突きつけ、僕と桜蘭に甲板へ行くよう命じた。せめて桜蘭だけでも守ってやる方法はないかと思案しながらも、彼に従うしかない。

甲板へ出て間もなくのことだった。

巡視艇から、海上保安官たちの叫び声が聞こえた。


声のした方に顔を向けてみると、信じられない光景が目に飛び込んできた。

高速巡視艇〝みずくも〟の機関室付近が爆発し、炎上を始めていたのだ。

炎が海上を赤く染める。

桜蘭も、動揺している様子だった。

僕はその有り様をながめながら、爆発の原因は何だったんだろうと考えていた。

次の瞬間、一機の戦闘機が爆音をともないながら、低空をかすめ飛ぶ。

それを目で追った直後、今度は巡視艇のすぐ後ろから浮上してくる潜水艦が見えた。

いずれも国籍不明である。

意外な事の成り行きに、僕は呆然《ぼうぜん》としていた。

巡視艇の保安官たちは消火活動に右往左往していたが、その効果はまったくないと言ってよい。

しかし、目の前の光景はリアルであってもどこか現実味がなく、まるで武藤がハマッているシミュレーション・ゲームの世界観と大差はないように思えた。

「武藤……」

思わず僕は、そうつぶやいた。

彼は今、仙道先生の横で、甲板の手すりにもたれかかりながら巡視艇を見つめている。

僕は、彼がそこからこうした幻影を、テレパシーによって発信していることを確信した。

この海域にいるほとんど全員が、おそらく現実と混合する形で、彼の脳内イメージを見せられているのだ。抑えられていた彼の能力は、今や全開状態で僕たちに降り注いでいる……。

「やめろ！」

僕は両手を縛られたまま、武藤に向かって突進していった。

すぐさま橘川に機銃でなぐられ、その場に倒れてしまう。

床に血がしたたり落ちていった。唇《くちびる》かどこかを切ったようだ。

「レン君……」

桜蘭が、自分の服の袖《そで》で僕の傷口を押さえてくれる。

激しい痛みのなかで、僕は巡視艇のデッキを闊《かっ》歩《ぽ》する、四足歩行のロボットを目撃した。

荒れ狂う海には巨大な海竜が鎌首をもたげ、盛《さか》んに炎を吐いている。

保安官たちは、先を争って逃げまどっていた。

その機に乗じて、こっちの乗組員たちが銃撃を始める。が、もはやそれが現実なのかどうか、僕には分からなかった。すべてが武藤による攪乱《かくらん》かもしれないのだ。

僕は目の前の桜蘭に礼を言い、壁にもたれかかった。

こんな具合にずかずかと頭の中に入ってこられたら、何が真実かの見分けもつかず、それどころか自分が誰なのかさえ分からなくなってしまいそうに思えた。ひょっとして今までの自分の人生そのものが、誰かに与えられた幻だったということだってあり得るかもしれないのだ。

幻影は、目を閉じても容赦《ようしゃ》なく飛び込んでくる。こんな状態が続くと、マインド・コントロールだってされかねないし、気が狂ってもおかしくないかもしれない。

それ以前に、荒唐無稽《こうとうむけい》な幻影を発信している武藤の精神状態が、まさにカオスの真っただ中にあるのではないかと僕は思った。

一瞬の隙《すき》を見て、ＲＯＲＯ船は巡視艇から逃れ、現場海域からの離脱を図《はか》った。

僕はゆっくりと立ち上がった。

「どうする気?」と、桜蘭がたずねる。

「操舵室へ行く。手は縛られていても、何らかの妨害工作は可能だろう」

ただし、どんな報復措置《そち》が待っているかは分からないが……。

「待って。私、何とかできるかもしれない」

そう言いながら、彼女が目を閉じる。

「まさか、テレパシーで?　武藤にコンタクトし、幻影を抑えるつもりなのか」

目を閉じたまま、彼女がうなずく。

「彼からのイメージは、私に届いた。だったらこっちからも送れるはずよ」

「危険だ。やめておけ」僕は首をふった。「彼のパワーに押し返されるかもしれないぞ」

「大丈夫……」

桜蘭は何かを念じるように、眉間《みけん》に皺《しわ》を寄せていた。

彼女の思いがどの程度通じたのかは分からないが、幻影の密度がやや薄らいだように見えたとき、巡視艇の甲板から数機のドローンが飛び立つのが見えた。人工知能《AI》が操縦しているので、武藤のテレパシーの影響をまったく受けていないのだろうか。あるいはあのドローンも、彼が見せている幻なのか……。

僕が混乱していたとき、武藤が突然、桜蘭を抱きかかえ、船尾へ向かって走っていった。

僕があわてて追いかけようとする間にも、ドローンの一群はこちらに向けて接近する。

船員たちが、迫りくるドローン目掛けて発砲した。

一機に命中したものの、甲板に墜落《ついらく》すると同時に、ドローンはガスを噴霧《ふんむ》した。

その周囲にいた船員たちが、咳《せ》き込み始める。

催涙ガスだ。僕も一瞬、それ以上先へ進めなくなる。

ドローンは甲板だけでなく、ハッチが開いたままの操舵室へも飛来していき、ガスをまき散らした。

その間にガスマスクを着用した海上保安官が船内に乗り込み、次々と船員らを拘束《こうそく》していく。

「大丈夫ですか？」

保安官の一人が、僕の腕のロープをほどいてくれた。

彼は咳き込む僕を、巡視艇へとうながす。

「いや、待ってください」

保安官の制止をふり切って、僕は武藤と桜蘭がいるはずの船尾へ向かった。

果たして中央デッキ付近で、別の保安官と対峙《たいじ》している武藤を見つけた。手すりを背にした彼は、桜蘭をまるで人質みたいに抱きかかえて立っている。

「さ、帰ろう」

僕は彼にゆっくりと近づき、声をかけた。

僕は彼を追いかけ、海へ飛び込んだのだった。

彼女も気がかりだったが、武藤を放っておけない。

同時に桜蘭が大きな悲鳴をあげてその場に倒れ込み、意識を失った。

すりを越え、海へと落ちていった。

彼はそう叫ぶと、桜蘭をつかんでいた手を離した。そして頭を押さえたまま倒れ込むように手
「現実は、あまりに騒がしい！」

彼が見せている幻に違いない。

武藤の声に反応するかのように、船の貨物室あたりから火の手が上がる。

「嫌だ」

5

緩やかに傾斜《けいしゃ》した広場に、たくさんの人々がいて、笑顔で僕を出迎えてくれている。

明るく、とても暖かい……。

中央に輝いているのは、太陽だろうか、それとも月だろうか。

優しい光を放つ大きな球体を背景に、スリムな女性のシルエットが見える。桜蘭に違いない。

彼女の方へ歩み寄ろうとし始めたとき――、僕は目を覚ました。

「気がついたか？」

筑紫室長が、心配そうに僕の顔をのぞき込んだ。

「ここは？」

「心配いらない。港の病院だ」

そうだった。僕はあの後、気を失っていたようだ。

室長が看護師に僕の様子を伝えると、彼女はすぐに担当医を呼びにいった。

僕は、デッキでの状況を思い出そうとしてみた。

飛び込んですぐ、海に浮かんだまま動かなくなっていた武藤を抱きかかえ、必死で巡視艇を目指したところまでは覚えている。しかし自分の体を思うように動かすことができず、その後の記憶もない。

「海上保安官に助けられたんだ」と、室長が教えてくれた。「それにしても、真冬の海に飛び込むとはな……」

「武藤は？」

僕がたずねると、室長は顔を伏せ、首を横にふった。

海上保安官らによる懸命の救命措置にもかかわらず、彼は心臓麻痺《まひ》を起こしていて、後に死亡が確認されたのだという。

僕は放心状態で、室長の説明を聞いていた。そして室長の言葉が途切れたとき、周囲を見回し、彼に確かめた。

「桜蘭は？　無事に保護されたんですか？」

「彼女は今、違う病室にいる」

「病室？　どうして？　怪我《けが》でもしたんですか？」

それには答えず、室長は「落ち着いたら、見舞いに行ってやるといい」とだけ言った。

捜査の経緯についても、彼が教えてくれた。

「防犯カメラの映像やタイヤ痕《こん》など、確かな証拠が複数得られたので、警察が迅速に対応してくれた」と、室長が言う。「もちろん、こっちのアドバイスで行き先を絞り込めたのも大きかったがな」

ＲＯＲＯ船の船員は、仙道先生を含め全員が逮捕されたという。武藤の幻影が消えてからは、呆気《あっけ》ないほど短時間で現場の状況は収束へと向かっていった。

室長は警察官とともに、港へ戻ってきたＲＯＲＯ船のコンテナの中で、盗まれたビュアの確認に立ち会ったそうだ。

仙道先生ら関係者の家宅捜索も始まっている。

室長自身、任意の事情聴取に応じたとのことで、警察はいずれ僕にも事情を聞きにくるだろう。

ただし武藤が見せたと思われる幻覚については、国からのお許しがあるまで関係者以外に話してはならないという箝口令《かんこうれい》がしかれていることを、室長があらかじめ教えてくれた。武藤か、あるいは仙道先生による集団催眠術の可能性を含めて調査が進められるという。桜蘭が産廃の処理場をイメージできたのも、事前に催眠術によって仕掛けられた後催眠《こうさいみん》暗示ではなかったかという説が持ち上がっていた。

「それと、分かっていると思うが……」

僕の目を見て彼が言う。

「ええ、マインド・コミュニケータのことは口外しません。本当なら今ごろ、新たな実験をして、今度こそ何らかの成果が得られていたかもしれないのに、残念です」

「申し訳ない」

「先生が悪いんじゃ……」

「とは言っても、スタッフの裏切りも見抜けないで、何が脳科学者だ」

彼は苦笑いを浮かべながら、そうつぶやいた。

その後、室長に付き添われて桜蘭を見舞いに行った僕は、さらに大きなショックを受ける。

彼女は船で倒れてから、ずっと意識不明のままだったのだ。

検査をしても原因は不明で、薬物治療も電気ショックも効果がない。安静にしているしかない状況のようだ。

「彼女は倒れる直前まで、武藤とのコンタクトを試みていました」僕は室長に言った。「そのダメージでは？」

彼はうなずきながら、僕の話を聞いている。

「無関係ではないだろうな。テレパシーでリンクしていたとすれば、武藤に引きずられてしまったのかもしれない。その際に被《こうむ》った量子状態の混濁《こんだく》が、彼女の脳活動に影響を与えていることは考えられる。ただしそうした量子的な情報は、今の検査機器類ではとらえられないし、対処方法の見当もつかないんだ」

どうしてやることもできない自分を情けなく思いながら、僕はしばらく黙ったまま、桜蘭の寝顔を見つめていた。

僕は参列できなかったが、武藤の葬式は会葬者も少なく、寂《さび》しい式だったという。

その数日後、桜蘭は眠り続けたまま、生命科学研究機構付属の病院へ移送された。担当医は神田医師が務めてくれる。

相前後して退院を許された僕は、久しぶりに街へ出た。クリスマスを目前に控えた街は、異様なほど活気づいている。

ただし僕が入院している間にも、筑紫研究室を取り巻く状況は、悪化の一途をたどっていた。回収されたモバイル・ビュアは、当初の予定通り旭星製作所が引き取り、倉戸技師を交えて修復作業中である。

脳内ビジョン研究室の解散に向けた整理作業は続いていて、実験室に据え置かれたビュアは、年内には旭星へ運び出される。

職場復帰した僕は、スタッフたちの仕事を手伝いながら、毎日、桜蘭の病院へ通っていた。しかし、彼女の意識が回復する兆《きざ》しは、まったくみられない。

僕は一つの決心を固め、筑紫室長に直訴《じきそ》した。

「桜蘭を、あのままにしておけません」

スタッフたちがいる操作室で、僕は室長と向き合った。

「彼女が陥《おちい》っている状態を探り、快方に向かわせる方法が、ないわけじゃないと思います。武藤とのリンクによって、彼女の脳の量子状態が混濁しているとするなら……」

あごに手をあてながら、「マインド・コミュニケータか？」と、室長が言う。

僕は大きくうなずいた。

「彼女ともう一人の被験者に、ナノマシンを注入するんです。無意識レベルまで下りることができれば、彼女とコンタクトし、救い出せるかもしれない。被験者には、僕が立候補します」

室長は眉間に皺を寄せ、首をふった。

「テレパス能力が未熟な君と桜蘭の組み合わせは、実験計画でも最終段階に位置づけていた難度の高いものだ。しかも無意識レベルでのコンタクトは、まだ実験では確認していないから、何が起きるか分からない。君だって、桜蘭のように意識不明になるかもしれないし、あるいは人格崩壊の可能性だってないわけじゃない。第一、この実験室の機材は年内の引き渡しが決定しているんだ。そんなことができるわけがない」

僕たちの話を聞いていた金井オペレータが、室長の方を向いた。

「じゃあ、それまでにやってしまえばどうですか?」

彼女に続いて、粕渕研究員も進言する。

「そもそも、あと一回、実験をやる予定だったじゃないですか。やってみる価値はあると思いますけど」

「私からもお願いします」と、堀尾主任が言った。

主任に続いて、その場にいたスタッフ全員が室長に頭を下げる。

ようやく折れた室長は、十二月二十四日のイブの夜に照準を合わせた、一か八かの救出作戦にゴーサインを出した。

「この研究室の、最後の大仕事ね」と言いながら、堀尾主任が微笑んでいた。

長期戦になることも覚悟して、僕は自分のロッカーに着替えを入れておくことにする。

神田医師の了解を得て、当日の早朝、桜蘭を病院から研究室に移した。

体調を確認した上で、僕と彼女の二人に、マインド・コミュニケータが注入される。その効果が最も現れると期待される十時間後を、僕たちは静かに待った。

そして夕刻、背もたれをフラットにした実験室のビュアに、桜蘭の体を横たえた。僕はもう一方のビュアに座り、ヘッドギアを装着する。二人の席の間は、パーティションで仕切られていた。

それから僕は、神田医師に処方してもらった睡眠導入剤を飲んだ。

スタッフたちは操作室に引き上げ、ディスプレイで観察できるようスタンバイしている。

僕は、隣で死んだように眠り続ける桜蘭のことを思った。もし、彼女が陥ってしまった世界に、僕も引き込まれてしまったら……。

いや、何としても僕は彼女を救いたい。その決意を新たにしているうちに、僕は抗《あらが》い難《がた》い眠気に襲われていった。

僕にセッティングされた脳波計にシータ波が出始めたことを、神田医師はスタッフに告げているに違いない。いよいよ作戦開始である。

間もなく僕の脳波計には、桜蘭と同様、深い睡眠や無意識の際に見られるデルタ波が現れるはずだ。あとはマインド・コミュニケータの効果により、彼女とつながることを信じるしかない。

彼女の意識は閉ざされたままだが、コミュニケータが意識下の領域を切り開いてくれれば……。

僕は静かに、彼女という存在の基盤となる領域への侵入に挑み始めたのだった。

6

気がつくと僕は、炎上するＲＯＲＯ船の甲板にいた。

間近にまで炎が迫っている。

しかし待てよ、と思った。今、僕が目撃しているのは、武藤のイメージが焼きついた桜蘭の、あるいは自分自身の心の中なのだ。

理屈が分かったとしても、投げ出されたこの状況で、自分の行き場はもう海しかない。

仕方なく僕は、手すりを越えて海へ飛び込んだ。

水しぶきが飛散した直後、僕のまわりにいくつもの泡粒が現れる。

その泡に包まれているうちに、自分が何か別の存在になっていくような感覚をおぼえた。寒さや冷たさはない。息苦しさもなく、僕は浮遊し続けていた。

まわりには、粒状で光り輝く小さな塊《かたまり》が、いくつも漂《ただよ》っている。それらはまるで、マリンスノーのように無数に存在していたが、プランクトンの死骸《しがい》や排出物が分解したり結合したりしたものとは違って、自らが光を発していた。

まるで蛍《ほたる》の群れをながめるような気分にひたっていた僕は、ふと気がつくと、自分自身がほのかに光り始めていることに気づいた。いつの間にか、裸になっている。やはり寒さなどは感じない。

再び水中を漂う小さな塊を見回してみると、それぞれ人の形や、鳥や獣といった動物の形をしていた。人の形をしている塊は僕と同様、衣服や装飾品などを身につけていない。

これらは〝魂《たましい》〟ではないかと、僕は思った。海中を漂っていた無数の魂は、深く進むにしたがって、宇宙空間にきらめく星々のように見えた。

僕は好奇心から、人の形をした魂の一つに触れてみた。

すると突然、僕は戦国時代の、どことも分からない合戦の喧騒《けんそう》の中に投げ込まれてしまった。

あわてて手を引っ込めたものの、興味深い現象だったので、こっちはどうかと別の魂に触れてみる。

今度は、水田で苗を一つ一つ手で植えている、若い女性だった。単調な作業を、延々とくり返している。

僕はまた自分の手を引き抜き、考えた。どうも光の粒に触れたり飛び込んだりすることで、それらの生命の視点に憑依《ひょうい》することができるようだ。

続けて僕は、いくつかの光の粒に触れてみた。

第二次世界大戦における戦闘機パイロットや、空襲で子供を抱いて逃げまどう母親、あるいは大地震に遭遇《そうぐう》した被災者や、交通事故で大怪我を負ったドライバー……、見知らぬ人たちが目にした風景が、次々と去来する。

ここには、ありとあらゆる魂があった。時代や場所を問わず、多種多様な生命の形を見たり感じたりできるわけである。基本的には〝のぞき見〟だが、迂闊《うかつ》に入り込み過ぎると、自分を見失いそうにはなる。

僕はひたすら、他の生命たちの喜怒哀楽を感じ続けていた。それら魂の主《ぬし》たちは、表面上は何気なく生きているように見えて、どれもが大変な人生を送っていると実感できる。

これら光の粒の中のどれか一つが、僕の捜している桜蘭の魂なのだろう。しかし、一つ一つ見ていてはきりがない……。

そのとき僕は、無意識の接続というか、魂に触れることで通じ合えるこの世界の構造が、どこかインターネットに似ているとひらめいた。だとすれば、魂のサーバーとでも呼ぶべきところが、どこかにあるのではないか？

それほど確信があったわけではないが、とにかくさらに奥の領域へと向かっていった。

しばらくして周辺を改めて見回した僕は、無数の魂に、何か魚群に似た疎密《そみつ》や、緩やかな流動があることに気がついた。

その流れに逆らわず進んでいく。

やがて目の前に、自分たちと比べて桁違《けたちが》いに大きな光の珠《たま》らしきものが現れた。その表面を、太陽を取り巻く紅炎《プロミネンス》のように、多くの魂が飛散している。生を受けたばかりの魂や死にゆく魂などが入り交じり、壮大な光景をもたらしていた。

薄々感じてはいたが、ここでは自分も死にゆく魂の一つなのだろう。その太陽みたいに巨大な球体の中へ入ることで、きっと無に帰してしまうのだ。

球体に接近してみると、その周辺には、思いきって突入するでもなく、先へ進むことを躊躇し屯《たむろ》している、魂のたまり場があった。桜蘭がいるとすれば、ひょっとしてこのあたりかもしれない……。

捜し始めて間もなく、きょろきょろしている僕の背後から、聞き覚えのある声が聞こえた。

「よ、ミイラ取り」

ふり向いた僕に、彼女が微笑みながら続ける。

「閻魔《えんま》様でも捜してるのかい？」

そこにいたのは桜蘭ではなく、どうやら空歩の方だった。そして彼女はまるで自身の名前のように、自由に空を歩いていた。

第四章　社会

1

「何て顔をしてんだよ」僕を見て、空歩が噴《ふ》き出していた。「私《あたし》はお呼びじゃなかったのかい？」

僕は彼女にたずねた。

「ここに僕が来た理由は、知っているのか？」

「まあ、大体はね」

「武藤のことも？」

彼女は、黙ったままうなずいた後、ゆっくりと話し始めた。

「可哀相《かわいそう》に。仙道先生はヒロミを治すどころか、利用しようとしていただけだったんだ。あいつから誘われたとき、何となくそんな感じがしたんで、あたしは忠告してやった。けれどもあいつは、先生の語る理想郷とやらを、信じたがっていた。本当は、ヒロミも分かっていたんだと思う。嘘《うそ》だって……。結局、あいつにはもう、居場所がなかったんだろうね。リセットするしか……」

彼女は、無理に微笑《ほほえ》んだ。

「あたしも同じかも。愚《おろ》かで汚くて醜《みにく》くて……。この世の矛盾《むじゅん》には、ほとほと嫌気がさしてきた。きっと、人間という存在そのものが根本的に間違ってんだろうね」

「間違いはあるが、人間にだっていいところはあるだろう」と、僕は言った。「武藤やお前は、そのことに気づく機会がなかっただけじゃないのか？」

「矛盾しているのは、人様ばかりじゃない。あたし自身だって、ひどいもんさ……。知っての通り、何せ人格が壊れかけたまんまなんだから。あっちにフラフラ、こっちにフラフラして生きるのは、人に言えないぐらい辛《つら》い。て言うか、こんな状態で、もう生きてらんないよ」

彼女は、光を放ち続ける球体に目をやった。途切れることなく多くの魂《たましい》が流れ込み、また別のところから噴き出している。

彼女は球体の表面を指さした。

「死に損《ぞこ》ないの連中の話だと、この向こうには、星みたいに中心核《コア》があるらしいよ。その中へ落ちると、外側へ抜けてようやく死ねるというんだ」

「中が、外だと？」

僕はそうつぶやきながら、表裏の区別がなく三次元空間では実現しないという〝クラインの壺《つぼ》〟のことを思い出していた。

ふと気づくと、空歩は黙り込んだまま、僕に背中を向けている。肩のあたりが、少し揺れていた。

泣いているのか……？　僕は少しためらいながら、彼女に声をかけた。

「まさかお前、死ぬ気じゃないだろうな？」

そんなことになれば桜蘭も道連れになりかねないことを、彼女は十分理解しているはずだ。

ふり向いた彼女は、やはり目に涙をためていた。

「前にも話したよね。人間、たかが数十ミリボルトの脳内電圧で、泣いたり笑ったりしてるんだって。あたしが苦しめられている悩みも、たった数十ミリボルトでしかないんだ。そんな数十ミリボルトがどうなろうが、こだわることじゃない。すべては死によって終わる。奇麗《きれい》さっぱり、無に帰すことができるんだ。

こんな人生に答えはあるのかと思って、さんざん探し回ったけど、おそらく死が唯一《ゆいいつ》の答えなのさ。あそこへ行けば、それが体感できる。どうせ死ぬなら、その直前——無意識の深部にまで沈み込んだとき、あたしやヒロミをいじめたみんなに復讐《ふくしゅう》してやることもできるかもしれない」

そのときの僕には、最後の言葉の意味がよく理解できなかったが、とにかく彼女の説得を試みた。

「お前も見たんじゃないのか？　どの人生にも、苦しくて辛い運命が待ち構えているのを。みんなそれを、乗り越えようとして生きている。解決策は、死ぬことじゃない。生き方にあるはずだ」

「誰に言っているの」

まるで喧嘩《けんか》を売っているような彼女の一言に、僕は戸惑《とまど》った。

「え？」

「それで分からなければ、誰のために言っているの」

黙っている僕に、彼女が顔を近づける。

「言ってあげようか……。桜蘭でしょ？　本当に戻ってきてほしいのは、彼女の方。あたしには、死んでほしかったんじゃないの？　うまくすれば、桜蘭一人になる」

「何を言い出すんだ……」

僕は首をふった。

「考えたことがないとは言わせない。あたしだって、ちっとは人の心を読めんだから……。あんたたちにとって、あたしはどうせ邪魔者。あたしなんて、どうなってもいい」

「いや、そんなことは……」

「分かってるさ。だから困ってんだろ？　あたしが死ねば、悪くすると桜蘭も死ぬんだから」

僕は彼女を見つめて言った。

「桜蘭を救いにきたことは認める。けれども、君にも助かってもらいたい」

「本当？」と、空歩が聞き返す。「こんなあたしみたいなはみ出し者、救う値打ちがあるのかい？　お世辞《せじ》の一つも言えず、本音を言うとはじかれて、結局は誰ともうまくかかわれない」

彼女は苦笑いを浮かべていた。

「僕だってそうだ。いや、僕たちだけじゃない。誰だって、人とうまくかかわることを願って、なかなか果たせずにいる。それでもみんな、なるべく笑顔で人とは向き合おうと、頑張《がんば》ってる。毎日楽しいことばかりじゃないけど、一緒に努力して何とかすればいい。むしろそれが生きることだし、楽しみにもなっていくはずなんだ」

「あたしは、みんなとは違う。人の裏側に特化したような人格なんだよ。自分だけ裏側の何もかもをさらして、生きられるはずがない」

「裏側なら、僕だって見せたじゃないか。ビュアの実験を覚えてるだろ？　お前にもさんざんのぞかれた。それにお前にだって、裏ばっかりじゃなく、良いところもある」

「嘘。あるわけない」

彼女はぷいと横を向いた。

「いや、ある。お前、桜蘭のことを気づかってやっているだろ」

「それぐらい、たいしたことないじゃないか」

「そんなことはない。お前、人間の感情はたかだか数十ミリボルトの脳内電圧で、それがどうなろうがこだわることじゃないと言ったな。誰もが追い求める幸せというのも、おそらくそんなものだ。お前が言うように、それで悩むのも馬鹿げている。しかしそのごくわずかな電位差は、どうやって得られるのかということだ」

「え？」不思議そうに、空歩は僕を見た。「食べるからに決まってんじゃん」

「そんな栄養学的な話じゃない。そういうエネルギーは、人からもらってるんだと僕は思う。お前が今持っているその微弱なエネルギーも、誰かに与えるものなんだ。捨ててしまったら、何にもならない。そして誰かに与えて失ったエネルギーは、また誰かからもらえばいい。それが生きることだろう。たった数十ミリボルトであろうが、ときにはそれに自分のすべてをかける。だから人間は面白いんじゃないのか？

　どうせ読まれているんだろうから、正直に言おう。お前のことは、好きになれそうにない。でも僕の脳内電圧を揺さぶり、僕の人生を僕だけのオリジナルなものにしてくれる君の存在は、受け入れているんだ。君は桜蘭との二面性を気にしているけど、いいことずくめの人間なんて、あり得ない。妬《ねた》みや憎しみは誰にだってあるし、それで自分を否定したりしないで、それらを受け入れ、共存の道を探るべきなんだ」

「それでうまくいくなら、誰も苦労しないさ」

「いや、ちょっとぐらいうまくいかないことがあっても、それでも生きるんだ」

「ニーチェの〝超人〟かよ……」彼女は小馬鹿にしたように笑った。「あたしの心には響いてこないし、説得になってない。やっぱりあんたとは、そりが合わないみたいだね」

　話しながら、僕もそのことは感じていた。いくら話しても、平行線のままだと思えてならない。

　しかし空歩に分かってもらわないことには、桜蘭も道連れになってしまうかもしれないのである。ここで空歩とうまく意思疎通《そつう》ができずに苦しい思いをするとは、僕にはまったく予想外だった。

空歩は体の向きを変え、巨大な球体をながめている。どうも彼女は、死ぬ決意を変えてはいないようだ。

「一緒に戻ろう」僕は彼女の背中に向かって呼びかけた。「僕の本心は、もう分かってるだろう。頼む。桜蘭を連れていかないでくれ」

「悪いけど今は、むしろあっちの方に希望を感じる」空歩が球体を、あごで指し示す。「あの向こうには、ヒロミがいる。あんたは桜蘭といたいんだろうけど、あたしは、あいつと一緒にいたいんでね」

彼女は吸い寄せられるように、球体の表面へ向かって飛行し始めた。

「空歩……」

急いで僕も、彼女を追いかける。

飛ぶにしたがって、次第に周囲の魂たちとの間隔《かんかく》が狭くなっていった。

彼らに接触するたびに、彼らがいだいている苦しみや悲しみなどのイメージが、僕の中に飛び込んでくる。刀で斬《き》り合う者、銃で撃ち合う者……。

僕は耐え難《がた》い痛みを懸命にこらえながら、空歩の背中を追う。

球体の中へ消えていく彼女を見て、僕はやむを得ず、そこへ突入していった。

さっきまでの明るさが一転し、周囲が真っ暗になる。

深部へと進みゆく魂の群れだけが、怪しく光っていた。

変化は、自分の心にも表れ始めている。自分が自分であることに対して、次第に自信がもてなくなってくるのだ。

その代わり、自分のものではない、おそらく他人のイメージのようなものが、ふいに浮かんできたりする。それらは単に、僕が今リンクしているはずの実光姉妹の無意識界によってのみ、もたらされているとは思えない。

しばらく考えていた僕は、ようやくあることに気づいた。何と言えばいいのか、僕はここで自分の意識を徐々に失いながら、人間の無意識に広がる量子情報のネットワークとつながりつつあるのかもしれないのだと……。それはおそらく、個人の領域を越えた先天的な構造領域――〝集合的無意識〟と呼ばれているものと無関係ではないように思う。

確か「無意識の深部にまで沈み込んだとき、みんなに復讐してやることもできる」と空歩は言っていた。彼女のテレパシー能力なら、ここから集合的無意識でつながっている人々の深層心理を、一斉に操作できるかもしれない。不信感や敵対心などをあおり立てることもできるだろう。

もしも今、空歩が自分の能力を行使するようなことがあれば、堀尾主任の言っていたマインド・マスコントローラと同様の効果が発揮できるわけである。彼女の思惑一つで人々は無益な争いを始め、下手《へた》すると最終戦争さえ起こしかねないのだ。

何としても彼女を捜して連れ戻さなければいけない……。飛び交う無数の魂をながめながら、僕は焦りを感じていた。

正面に、周囲よりも明るく見える点が現れてきた。それはトンネルの出口のように、次第に大きくなっていく。やがてその光が視界一杯に広がり、僕はついに、他の魂らとともに闇を抜け出たのだった。

2

そこに現れたのは、一つの空域を取り囲むようにして集まる、無数の魂の群れだった。まるで球状星団のようだと、僕は思った。ただしここでは、自分もその星の一つにすぎないのだが……。

星々は、その中心を目指して移動を続けている。

僕は空歩を捜しながら、他の魂とともに魂団《クラスター》とでも呼ぶべき球状星団状の一群の、中央の空域へ向かっていった。

やがて僕は、空歩の言っていた〝コア〟らしき球体にたどり着く。

その表面は、海のように全体が液体に覆《おお》われていた。海は淡《あわ》い光を発しつつ、白く波立っている。

コアの海をめがけていくつもの魂が、静かに墜《お》ち続けていた。スローモーションで隕石《いんせき》群の落下をながめているような感覚だろうか。

接近しながらよく見てみると、光る海を形成しているのは海水でも他の液体でもなく、死にきれずにいる亡者《もうじゃ》たちの魂らしいことに気づいた。それらがからみ合い、ある者は人の形をとどめながら、またある者は鳥や獣たちの魂と混ざり合いながら、溶けていっている。

からみ合った魂は、恍惚《こうこつ》や苦悶《くもん》の表情を浮かべ、また歓声や悲鳴を響かせ、誰が誰とも分からない状態になって浮き沈みをくり返している。

僕は宙を漂いながら、光る海に手を触れてみた。友人と赤の他人、いじめられた人といじめた人、敵と味方……、ここではそれらが一つに溶け合っている。

さらに奥へ、手を差し入れてみた。

「中へ落ちると、外側へ抜けてようやく死ねる」と、空歩は言っていた。コアの海へ沈み込むと、きっと死んでしまうということなのだろう。

僕は、海に溶けゆく魂たちをながめていた。

しかし、人は死んだら〝無〟になるとばかり思っていたが、案外、そうではないのかもしれない。何故《なぜ》なら無数の魂は、ここで溶け合っているだけで、存在自体がなくなってはいないからだ。

無になるのではなく、生まれ変わる――。このコアからさらに向こうへ抜け出せるとするならば、再び新たな生命となって、昇華していくのではないだろうか……。

目の前でくり広げられているのは、単なる意識下のイメージにすぎないのかもしれない。けれども案外、真実の一端を垣間見《かいまみ》たのではないかという直感めいたものが僕にはあった。

このままだと自分もいずれ溶けてしまうに違いない。僕は一旦《いったん》腕を引き抜き、海から少し離れた。

気がつくと、かたわらに空歩がいた。同じように、光る海を見つめている。ただし僕とは逆に、彼女は海の方へ向かっていた。

僕はあわてて彼女に声をかけた。

「すべては死によって終わる、と言ったね。それで無に帰するんだと。まだそう思っているのか?」

立ち止まった彼女に、僕は続けて言った。

「君も見ただろう。すべての生命が、ここでつながっているらしいことを。死んでも、無になんかならない。きっと生まれ変わって、また生き続けるんだ。それぞれの苦しい人生を。だから死んでも、解決にはならない。大事なのは、やはり生き方なんだと思う」

「そんな勝手な理屈なんか、聞きたくない。あたしらみたいな規格外は、この世の中から排除されるべきなんだ」と、彼女が反論する。

「そうじゃない。見てみろ」

僕は、満天に広がる魂たちに顔を向けた。

「喜びや悲しみ、憎しみや怒り……。ここには魂の、すべてが在《あ》る。裏切り、差別、不平等など、個々には不条理なことばかりだが、トータルするとすべてそろってる。一人一人は〝すべて〟を知らなくても、その集まりは〝すべて〟になっている。それが宇宙だろう」

空歩の「奇麗……」という、ささやきが聞こえたような気がする。

「そう思うと、ちょっと苦手な奴《やつ》がいたとしても、何だか愛《いと》しくないか？　個々に分かれてないと、何のドラマも起きないからな。それこそ、生命が多様である意味なんだろう。そしてこの宇宙にすべて在るためには、何も欠けてはならない。僕みたいなろくでなしや、変わり者も、みんなこの世に必要なんだ。

だから君がいくら規格外で悩み多き存在だとしても、この宇宙には君の個性がなくちゃならない。人と違っていることで悩むことはないし、どうでもいい人なんかいない。まして、そんな世界を壊すのは、もってのほかだ」

空歩が首をかしげている。

「何でそんなことを言うの？」

最後の一言はちょっと唐突だったかもしれないと思いながら、僕は彼女に説明した。

「この領域が、マインド・マスコントローラとしても機能することには、気づいているんだろ？」

彼女は顔を伏せるようにして笑っている。

「心配しなくても、マインド・マスコントロールなんて、あたしは考えてない。あくまで自分の問題に、ケリをつけたいだけ。けど自分のことなんて、こんな幽霊みたいな存在になってまでも考えることじゃなかったかな……」

彼女はそうつぶやくと、そのままコアの中へ身を投げたのだった。

「空歩！」

僕も思いきって、光の海へ飛び込んだ。


いきなり海流の圧力を体感しながら深みへと引き込まれていく。無数の魂が、かすかに光りながら周囲を埋めつくしていた。

僕は必死でもがいていたが、不思議と息苦しさはなかった。

なすすべもなく流されているうち、進行方向が次第に明るくなった。やがてその先に、光が差し込む海水面のようなものが見えてくる。

何とか泳ぎ着き、そこから浮上してみた。おそらくここは、さっきまでいた海の反対側だ。海底に沈むのではなく、コアを抜けてみると、何故かそこも海面状になっていた。

海中を漂っているせいもあってか、重力はほとんど感じない。気を抜けば水蒸気みたいに、天に向かって自然に浮き上がっていきそうな気がした。

実際、僕の周囲では、海に溶解《ようかい》していた魂が、いくつも海面から浮かび上がっている。それらはやがて星状に光り、天空を上昇し続けていった。

そんな魂たちを見つめながら、ここの次元構造はまさに〝クラインの壺〟状態だと僕は思った。コアの反対側へ抜けた僕は、これから今までの自分というこだわりから切り離され、新たに生まれ変わって飛び立っていくのかもしれない……。

僕の横には、同じように星々をながめている空歩が、海を漂っていた。

「さ、戻ろう」

僕がそう言うと、彼女は首をふった。

「死んでも無にはなれず、生まれ変わるのだとしても……、あたしはそこからやり直す」

「せっかく得られた自分の可能性を、捨ててしまうことはない」と、僕は言った。「そもそも誰に生まれ変わったって、本質的には変わらない。君は自分が特別だと思っているかもしれないけれども、みんな君と似たような問題に突き当たり、解決を迫られるだけだ」

彼女は首をかしげながら、「どういうこと？」と聞いた。

「確かに一人として同じ人はいないし、運命はさまざまだ。見かけも違っているけど、ベースはみんな同じじゃないか。つまり、ここだ」

僕は片腕を出し、光る海を指さした。

「元々、生命は一つのものだった。ここで、すべてとつながっているんだ。たとえばお前と俺だって今は別々の存在だけど、元々同じものがここから分かれていった。そう思わないか？　お互い本質的には何も違っていないのに、それでも人間は、喧嘩したりする。

自分と他人なんて、本来同じだったものが、ただ便宜《べんぎ》的に分かれているだけなんだ。この宇宙が求める、無数のドラマの重要な役割の一つとして。そしてさまざまな生命の在り方を、千差万別となった個々が体現している」

僕は空にちりばめられた無数の魂を見上げながら続けた。

「一つのものから分かれることで、どの生命も、何がしかの問題をかかえているのは確かかもしれない。けれどもそれは、何もいがみ合うためじゃないだろう。同じものから分かれたことを理解した上で、お互いの違いを尊重し、補い合い、むしろ違いを楽しみ合えればいいんじゃないか？　そうやって、個性的な人生を生きればいい」

僕は彼女に、顔を近づけた。

「だから、無理して変わらなくていい。自分をやめてしまう必要もない。君は、君のままでいい。正直僕は、君のことが苦手だ。けど、そういう人にだって存在していてもらわないと困るんだ。でないと、すべてが在るはずの宇宙から、大切な生命のバリエーションが一つ欠けてしまうことになる」

彼女は僕に背を向けた。

「あたしのことは放っておいて」

「自分で自分を好きになれないのは分かる。でも、同じ悩みをかかえているのは、君だけじゃない。自分にどんな可能性があるのか、君はまだ気づいていないんだ。お互い、それを見極《みきわ》めよう」

彼女は僕から顔をそらしたまま、「だから、誰のために言ってるの……」と、つぶやいた。

その直後に雷鳴が響くと、急にあたりが暗くなってきた。波も次第に高くなってくる。

僕は、この世界がマインド・コミュニケータを用いて無意識内にイメージされていることを思い出した。その均衡《きんこう》を維持してくれていたコミュニケータの効果が薄らぎ、イメージの制御がきかなくなりつつあるのかもしれない。それとも、本当に僕たちにも死が迫りつつあるのだろうか……。

いずれにせよ、ただ海に浮かんでいるわけにはいかなかった。

まわりの魂たちは荒れる海から脱出するように、それぞれの来世へ向かって飛び立っていく。空歩も波に揺られながら、それらの光跡を見送っていた。

彼女を行かせてはならない……。僕が戸惑っていると、彼女は微笑みを浮かべてこちらを向いた。

「あんた、本当に桜蘭のことが好きなんだね……。けど、もう遅い」

次の瞬間、空歩も僕も、大波にのみ込まれてしまう。

海中で僕は、空歩とはぐれないよう、しっかり彼女を抱きかかえていた。触れ合っているにもかかわらず、彼女のイメージは何も伝わってこない。彼女はすでに、気を失っているようだった。

僕の意識も、次第に朦朧《もうろう》としてくる。意思に関係なく、自分の体が溶けていく幻影にも襲われていた。

いや、これが自分の体なのかどうかさえ、自信がもてなくなりつつあった。とうとう自分も、コアと一体になるようだ。

遠のいていく意識のなかで、僕は漆黒《しっこく》の闇に覆われていた。無数の魂たちが、一点に向けて集まっていく。それはまるで、終末期には宇宙が一点に収縮していくという、ビッグ・クランチ仮説を実際に目撃している感覚に近かった。

むろんこれは、無意識の中で見ている夢幻にすぎない。頭ではそう理解していながらも、僕は闇のなかで光を放つ一点を見つめ続けた。

そう、何もかもが、この一点から始まったのだ。少なくとも宇宙の始まりにおいて、このような自他の区別のない世界があったことは間違いない。自分へのこだわりが薄らいだときにそう気づくのは、ある意味当然なのかもしれなかった。

やがてその一点は開闢《かいびゃく》し、無数の魂を四方に飛び散らせる。そうした有り様はとても美しく、さながら〝動く曼荼羅《まんだら》絵〟と言ってもよいものだった。

一つの点から生じたすべての生命が愛しく思えた僕は、いつの間にか涙を流していた。同時に、かつて同じ一点であった生命同士が傷つけ合うのを、悲しいと思う。

こんな感傷も忘れ去り、間もなく自分も生まれ変わってしまうのだろうか……。

歪《いびつ》な水圧を全身に感じ、僕はふいに意識を取り戻した。

自分はまだ、コアの嵐の中にいるらしい。大波によって体が翻弄《ほんろう》され続けている。

次の瞬間、何物かが僕の心に直接語りかけてきた。

〈君たちの話は聞こえていた〉

聞き覚えのある声だ。

武藤に違いない。

〈君たちは生きろ。俺にはもう、それができないが……〉

武藤の姿は、どこにも確認できなかった。すでに人としての形を失い、海に溶け込んでしまっているのだろうか。

しばらくして、体がコアの中に沈み始める。

僕は意識を失った空歩を抱きかかえたまま、最後の力をふり絞《しぼ》って泳いだ。

しかし体がもう、思うように動かない。再び意識が遠のいていくが、死の恐怖よりも、得体の知れない恍惚感が僕を包み込んだ。このまま武藤のように、コアの海と一体化していくのか……。

かすかに、コアの海の中から僕を元の場所へ押し返そうとする力を感じた。流れの勢いと強さからして、武藤一人だけではない。何人もの亡者たちの魂の力を得ているようだった。

しばらくして僕たちは、元の穏《おだ》やかな海面へ抜け出る。

さらにいくつもの光る魂によって海面の一部が塔のように盛り上がり、光の海に墜ちゆく無数の魂に逆行して、僕と空歩を高く押し上げていった。それが亡者たちの意思によるものか、武藤のマインド・マスコントロールによるものなのかは、僕には分からない。

自力で飛べるようになった僕は、武藤たちに感謝しながら、コアから急速に離れていったのだった……。


次に意識を取り戻したとき、僕はビュアの椅子《いす》に座っていた。

「大丈夫か？」

僕の顔をのぞき込んで、室長が言う。

倉戸技師が、手際《てぎわ》よくヘッドギアを取り外してくれた。

「彼女は？」

そうつぶやきながら腕に力を入れてみたが、うまく立ち上がれない。

室長と倉戸技師に支えてもらいながら、僕は隣の席に向かった。

僕がじっと見つめていると、彼女はゆっくりと瞼《まぶた》を開けた。

ようやく、意識を取り戻したようだ。

神田医師と倉戸技師が、慎重に彼女のヘッドギアを取り外していく。

「私は……」と、彼女が小声で言う。

その表情を見て、僕は悟った。

ここにいるのは、桜蘭に違いない。

「大丈夫か？」

そうたずねる僕に、彼女はこっくりとうなずいた。

嬉《うれ》しさのあまり、僕はすぐにでも彼女を抱きかかえてやりたい気分で一杯になった。

「先にズボンを穿《は》き替えたら？」と、神田医師が言う。

「え？」

ふり返ると、彼女は僕の股間を指さした。

「君、寝小便をしているよ」

手で探ってみると、確かにズボンが濡《ぬ》れている。

「すみません、海で泳いでる夢を見たもんで、つい……」

一人で歩けるようになった僕は、急いでロッカールームへ向かいながら、背後でみんなの笑い声を聞いていた。

3

翌日、操作室と実験室の撤収作業が始まった。ビュア関係の機材が次々に運び出されていく。殺風景になった実験室で掃除の手伝いをしながら、僕は昨日ここで行ったばかりの最終実験のことを思い出していた。

あれはすべて、僕が見ていた夢だった可能性がまったくないわけではない。そんなことを言い出すと、人生のどこからが夢でどこからが夢でないのかを明言できる人間など、どこにもいないのかもしれないが……。

しかしビュアには、その間の記録がしっかり残されていた。昨夜、それを見せてもらうことで思い出した記憶も随分《ずいぶん》あった。

驚いたことに、僕のイメージとよく似た画像が、彼女のビュアからも得られていた。スタッフたちで、二人のイメージがシンクロする過程を確認していたという。

あの実験の結果、桜蘭の意識が回復したのも事実だった。

ただ、意識下で僕が会ったのは空歩で、桜蘭は何も覚えていなかった。スタッフたちから事情を聞かされた桜蘭は、僕が命懸けで彼女を救ったことに、とても感謝してくれた。

もう一人——空歩の方は、あれから姿を見せていない。僕の説得が空歩に届かなかったとは、思いたくはないのだが……。

一方、旭星製作所や防衛装備庁が国際スパイにつけ込まれていたことは、週刊誌のスクープで一部が公《おおやけ》となった。彼らがマインド・ビュアを諜報《ちょうほう》目的で利用しようと画策《かくさく》していたことも明るみに出てしまい、世論の批判を浴び始めている。

そうした事情から、マインド・ビュアに類する脳内イメージング装置の用途に関して、国際的なガイドラインを策定するという動きが加速していた。

それでも筑紫研究室の三月末解散は、生命科学研究機構の既決事項であり、変わりそうにはなかった。今後ビュアの研究は、旭星製作所と防装庁の新たなスタッフによって引《ひ》き継《つ》がれる。ただしガイドラインが具体化していけば、脳内イメージング装置の軍事利用については、大きな規制を受けるだろう。


バタバタしているうちに年が明け、二〇三二年になった。

テレビのニュースでは、各国の首脳たちが笑顔で新年の挨拶《あいさつ》をしている。彼らの腹の中をビュアで見せた方が、テレビ的にはよっぽど面白いと思って僕は苦笑した。世界平和などは、いつまでたっても夢物語なのかもしれない。

筑紫研究室の操作室と実験室は去年のうちに明け渡していたが、事務室や室長室など、スタッフたちの席はまだ三月末まで残っている。それらの整理作業が続けられる一方で、筑紫室長は最後のマインド・コミュニケータ実験についてまとめ、ネットを通じて報告した。

論文では、脳における量子効果を解説した上で、無意識レベルでの実験において一応の成果があったことを伝えている。それを証明するマインド・ビュアのデータを添付し、医療や福祉への応用についても慎重に言及していた。

早速、ネット等に意見が寄せられ始めた。荒唐《こうとう》無稽《むけい》であるとか、筑紫研究室の独壇場《どくだんじょう》で他には誰も追試ができないなど、その反応はさまざまだった。

室長の論文によっても機構の決定が覆《くつがえ》ることはなく、筑紫研究室は三月末の解散へ向けて最終的な整理作業に入った。

元々、寄り合い所帯だった研究室のスタッフたちは、それぞれ本来の所属部署へ戻る格好になる。ただし筑紫室長と堀尾主任は、すでに辞表を提出したという。

桜蘭は、機構の社宅を出て、室長らの世話で新たにアパートを借りた。

やはり空歩は、あの日以来、ずっと出てきていない。そうは思いたくはなかったが、ひょっとして彼女は、武藤と一緒にコアの中へ戻っていってしまったのかもしれない。一筋縄《ひとすじなわ》ではいかず、苦手な奴だったが、いなくなると妙に寂しい気がしてならなかった。

三月上旬、研究室のほぼすべてが片付いたころ、僕は電話で、筑紫室長から思いがけないお誘いを受けた。

彼の研究をＷＨＯ――世界保健機関が高く評価してくれていて、将来的に認知症の治療などに応用したいというのだ。実は、室長は昨年末から水面下で、国際シンポジウムで出会ったＷＨＯの沢村杏子さんを窓口に交渉を続けていた。

「表立って動くと、妨害《ぼうがい》されるかもしれないからな」と、室長が言う。

当面、筑紫室長はＷＨＯの脳科学センター日本支部に研究室を新設し、医療や福祉目的で研究を再開する見込みだった。

「スタッフたちもそこに合流してくれるし、元烏丸医工の有志が旭星製作所を退職して、ベンチャー企業を設立する計画もある」

筑紫室長の話では、桜蘭もＷＨＯ付属の医療機関で治療を継続しながら、彼の研究を手伝うことに内定しているそうだ。

「つまりＷＨＯで、先生の研究が続けられるということですか？」

僕がたずねると、彼は嬉しそうに答えた。

「ああ。ついては、君にもまた手伝ってもらいたい」

僕は、「またアルバイトでよければ」と答えた。

というのも、僕は長らく休学していた大学に、四月から復学すると決めていたからだ。

「もちろん、学業優先でかまわない」と、室長は言ってくれた。


三月二十日の土曜日、研究室のスタッフたちがみんなそろって、武藤の墓参りに出かけた。もちろん、僕や桜蘭も参加している。両親の行方《ゆくえ》が分からない武藤のために、室長が小さな墓を建ててやったのだ。

僕はその墓に手を合わせた。死んでいった彼の分まで生きることなんてできないが、自分は自分に与えられた人生をまっとうしよう……。墓石を見つめながら、僕はそう誓っていた。

墓参りの帰りに、みんなで駅前の日本料理店に入った。来月には新研究室の開設式で再び集まるので、解散にあたって送別会はやらなかったのだが、あえて言えば今日がその代わりかもしれない。

献杯の後は、積もる話でみんな盛り上がった。そういえば長い間、白衣や作業服を着た彼らとしか、ほとんど向き合ってこなかった。これをきっかけに、腹を割って話ができる関係になっていきたいものだと僕は思った。

しばらくして室長が僕の隣にくると、ビールを注《つ》ぎながら「桜蘭とはうまくいっているのか？」と聞いた。

彼女の方に目をやりながら、僕は「はあ……」とだけ答える。

実はあの出来事がきっかけで、僕と桜蘭は一応、交際を始めていた。けれどもお互い人間関係が苦手なもので、いまだに手もつなげずにいる。

室長は、僕の肩をたたいた。

「もっと自分に自信をもったらどうだ？　人に好かれるようなものは何も持ち合わせていないなんて思っていたのかもしれんが、案外そうでもなかったんじゃないか？　あのとき、君は自分の言動で、それを示したんだ」

「その通り」盗み聞きをしていたらしい倉戸技師が、僕を指さす。「彼女が君に好意をいだいていることは、マシンにかけなくても分かるぜ……」

みんなからそんなふうにはやし立てられても、僕のとんちんかんなふるまいが、彼女を傷つけてしまわないかとつい心配になってしまう。

帰りは僕が、桜蘭をアパートまで送ってやることになった。

夜道を二人で歩き出したものの、相変わらず、なかなか会話がはずまない。

今はこんな状況でも、あのとき確かに彼女とは、無意識でつながっていたはずなのである。科学的な説明もまだ十分にできない世界ではあったが、何かしらの実感はいまだに残っている……。

宇宙のすべてを具現化するために、元々一つだったものが、無数に分かれていったのだ。自分たちはその重要な一部分であり、この宇宙の中で、何らかの役割を担《にな》って生きている。

お互いにつながっていたという痕跡は、今も残っている場合があって、その一つがテレパシーなのだろう。ただしそれらは意識下であったり、視覚や聴覚による原始的《プリミティブ》なイメージが主で、言語ではほとんど伝わってこない。筑紫室長が「テレパシーは進化ではなく退化」とおっしゃっていたのも、何となくうなずける……。

しかし人間、根源が同じにしては、ときにひどいことをする。そこが何とも、哀れな生き物だ。そうやって、大切なことを忘れて生き残ってきたのだろう。ついには何故生きているのかも忘れて……。

それはともかく、あのとき僕は、彼女ともつながっていたのにと、思えてならないのだ。ただし相手は空歩の方で、桜蘭ではなかった。だから僕は、いまだに桜蘭のことを理解できていないのかもしれない。

しかし人間、あえて分かれているのは、分かり合うプロセスを楽しむためではないかという気がしないでもない……。

そのとき彼女が急に立ち止まり、僕に言った。

「よ、色男」

思いがけない一言に驚愕《きょうがく》する僕を見ながら、彼女が冷ややかに笑って続ける。

「相変わらず理屈っぽいんだね。さっさと、やっちまったらいいのに。じっと心を読む暇《ひま》なんかあったら、積極的に動くに限る」

「空歩、無事だったか！」

僕は思わず、彼女を抱きしめた。同時に、今まで冷遇してきた彼女に対する申し訳ない気持ちも沸《わ》き上がってきた。

次の瞬間、きゃっ、という小さな悲鳴が聞こえる。

あわてて体を引き離すと、彼女は自分の胸を両手で押さえて立ちすくんでいた。

どうやら抱きしめた直後、すぐに桜蘭に戻ったようだ。

「いや、すまない……」

僕が謝ると、桜蘭は小声で言った。

「あんまり急だったので、ちょっとびっくりしちゃった。レン君って、そんなに積極的な人だったかと思って……」

それが思いがけない空歩のアシストだったと打ち明ける前に、彼女がぽつりとつぶやいた。

「でも、ありがとう」

彼女ははにかむように、うつむいてじっとしている。

キスをするなら、今かもしれないと僕は思った。でもまだ、ちょっと早い気もする……。

高揚する感情を抑えながら、僕は彼女に話しかけた。

「なあ、今度、映画でも行かないか？」

「うーん、映画によるかな」と、彼女が答える。「何を観《み》るの？」

僕はまた、そこで少し考えた。

「君はどんなのが観たい？」

「私？」彼女は自分の胸を指さしながら、僕を見つめる。「ＳＦなんか、面白そう」

僕は嬉しさをこらえながら、「じゃあ、そうしよう」と言った。

ＳＦを選んでくれたのは、ひょっとして彼女が僕に、気をつかってくれたからかもしれない。

それと同時に、彼女の解離性同一性障害は近いうちに治癒《ちゆ》し、一つの人格に統合されるのではないかという予感もした。

もし桜蘭と空歩が一つの人格に統合されるようなことになったら……、まず「こんにちは」と挨拶して、再出発することになった彼女を、歓迎してあげようと僕は思った。

●主な参考文献

・『脳と心のしくみ』池谷裕二監修（新星出版社）
・『つながる脳科学』理化学研究所　脳科学総合研究センター編（講談社）
・別冊日経サイエンス『心の迷宮　脳の神秘を探る』（日経サイエンス社）
・『医療ナノテクノロジー　最先端医学とナノテクの融合』片岡一則監修（杏林図書）
・『フューチャー・オブ・マインド』ミチオ・カク著　斉藤隆央訳（ＮＨＫ出版）
・『ペンローズの〈量子脳〉理論』ロジャー・ペンローズ著　竹内薫、茂木健一郎訳・解説（筑摩書房）
・『ＮＨＫスペシャル　超常現象　科学者たちの挑戦』梅原勇樹、苅田章著（ＮＨＫ出版）
・『エスパイ』小松左京著（角川春樹事務所）

他にも複数の資料を参考にしておりますが、作品に登場する実験施設、機器等は、作者の創作によるものです。

注　本書はフィクションであり、登場する人物、および団体名は、実在するものといっさい関係ありません。なお、本書は書下ろし作品です。

——編集部

切りとり線

あなたにお願い

この本をお読みになって、どんな感想をお持ちでしょうか。次ページの「100字書評」を編集部までいただけたらありがたく存じます。個人名を識別できない形で処理したうえで、今後の企画の参考にさせていただくほか、作者に提供することがあります。

あなたの「100字書評」は新聞・雑誌などを通じて紹介させていただくことがあります。採用の場合は、特製図書カードを差し上げます。

次ページの原稿用紙（コピーしたものでもかまいません）に書評をお書きのうえ、このページを切り取り、左記へお送りください。祥伝社ホームページからも、書き込めます。

〒一〇一―八七〇一　東京都千代田区神田神保町三―三
祥伝社　文芸出版部　文芸編集　編集長　日浦晶仁
電話〇三（三二六五）二〇八〇　http://www.shodensha.co.jp/bookreview/

◎本書の購買動機（新聞、雑誌名を記入するか、○をつけてください）

＿＿新聞・誌の広告を見て	＿＿新聞・誌の書評を見て	好きな作家だから	カバーに惹かれて	タイトルに惹かれて	知人のすすめで

◎最近、印象に残った作品や作家をお書きください

◎その他この本についてご意見がありましたらお書きください

100字書評

LABS 先端脳科学研究所へようこそ

住所

なまえ

年齢

職業

機本伸司（きもと・しんじ）
1956年、兵庫県生まれ。映画ディレクターなどを経て、2002年『神様のパズル』で第３回小松左京賞を受賞しデビュー。同作に始まる「穂瑞沙羅華の課外活動」シリーズは『パズルの軌跡』『究極のドグマ』『彼女の狂詩曲《ラプソディ》』『恋するタイムマシン』『卒業のカノン』と続く。他の著書に『神様のパラドックス』『ぼくらの映画のつくりかた』『未来恐慌』がある。

LABS《ラブス》　先端脳科学研究所《せんたんのうかがくけんきゅうじょ》へようこそ

平成30年７月20日　　初版第１刷発行

著者――――機本伸司《きもとしんじ》
発行者――辻　浩明
発行所――祥伝社《しょうでんしゃ》
〒101-8701 東京都千代田区神田神保町3-3
電話　03-3265-2081（販売）　03-3265-2080（編集）
03-3265-3622（業務）
印刷――――堀内印刷
製本――――ナショナル製本

ISBN978-4-396-63549-7　C0093
祥伝社のホームページ・http://www.shodensha.co.jp/

祥伝社ノン・ノベル

好評既刊シリーズ

一枚の紙切れで生命と同等の価値のあるものを奪う
謎の怪盗ペイパーカットを巡る物語——。

「ソウルドロップ」シリーズ

上遠野《かどの》浩平

①ソウルドロップの幽体研究
②メモリアノイズの流転現象
③メイズプリズンの迷宮回帰
④トポロシャドゥの喪失証明
⑤クリプトマスクの擬死工作
⑥アウトギャップの無限試算
⑦コギトピノキオの遠隔思考

祥伝社

四六判文芸書

世界を左右する〈パンゲア・ゲーム〉。
参加者は「未来が視える」七人――。

パンゲアの零兆《れいちょう》遊戯

彼ら同士が戦うとき、
勝敗は如何にして決するのか？
『ブギーポップは笑わない』の著者が贈る、
究極の頭脳＆心理戦！

上遠野《かどの》浩平

私は存在が空気

存在感を消してしまった少女。
瞬間移動の力を手に入れた引きこもり少年。
危険な発火能力を持つ、木造アパートの住人……

中田永一

普通じゃない私を、
受け入れてくれるのは誰？

超能力者×恋物語